PERFECT ROAD

전진검 장편 소설

FUSION FANTASTIC STORY

퍼펙트 로드 4

전진검 장편 소설

초판 1쇄 찍은 날 § 2015년 12월 17일
초판 1쇄 펴낸 날 § 2015년 12월 24일

지은이 § 전진검
펴낸이 § 서경석

편집책임 § 이재림

펴낸곳 § 도서출판 청어람
등록번호 § 제387-1999-000006호
등록일자 § 1999. 5. 31
어람번호 § 제1-2317호

주소 § 경기도 부천시 원미구 부일로 483번길 40 서경B/D 3F (우) 14640
전화 § 032-656-4452 팩스 § 032-656-4453
http://www.chungeoram.com
E-mail § chungeorambook@daum.net

PERFECT ROAD

퍼펙트 로드

4

전진검 장편 소설

FUSION FANTASTIC STORY

도서출판 청어람

PERFECT ROAD

퍼펙트
로드

CONTENTS

제1장

점입가경

김철곤!

하늘믿음교회의 중추적인 역할을 맡고 있는 목사이다.

현준은 놈을 꽁꽁 묶은 채 지하 땅굴로 데려갔다.

'배후를 확실하게 밝혀내야 한다.'

아버지는 무사하실 것이다.

회색 코트의 남자는 아버지를 제법 정중히 대했다고 하였다.

과학자를 데려가서 어디다가 사용하겠는가. 필시 아버지의 기술력을 필요로 하는 일일 테다.

필요로 하는 이상 생명은 안전했다.

그렇다면 기회가 있을 때 배후를 밝혀내자고 다짐했다.

가상세계에 있을 당시 현준이라고 이런 경우를 당해보지 않았겠는가.

온갖 험한 꼴이란 험한 꼴은 전부 당한 게 현준이다.

인질극? 웃기지도 않다.

이럴 때 가장 중요한 건 정보다.

배후에 관한 정보.

놈들을 쥐락펴락할 수단을 가지게 된다면 자연스럽게 인질의 안전도 보장된다.

혹은 놈들의 목적만 알 수 있어도 충분한 성과이다.

메시아에게 집중적으로 감시하라고 일러두었으니 아버지가 어디로 향하는지 알 수 있겠지만 그보다 김철곤만이 알고 있을 수도 있는 알짜 정보가 있을 터였다.

"익숙한 곳이지?"

현준은 김철곤을 끌고 땅굴로 들어왔다.

정확하게는 땅굴 속 장기 적출이 이뤄지던 병실 안으로 들어왔다.

"읍! 읍! 으읍!"

김철곤은 이곳에 들어오기 전에 바닥에 널린 시체를 보았다. 그는 경악한 눈동자로 현준을 바라보며 미친 듯이 몸을 떨어댔다. 하지만 워낙 꽁꽁 묶어놓은 탓에 꿈쩍도 하지 못했다.

현준은 김철곤을 수술대 위에 억지로 눕히고, 긴 벨트를 채웠다.

그리곤 김철곤의 귀에 대고 작게 속삭였다.

"날 너무 잔인하게 만들지 말아줬으면 좋겠어. 서로가 편해질 수 있는 길이 있는데 꼭 귀찮게 돌아가야겠어? 아, 참고로 나는 시작하면 끝을 보는 스타일이야. 원래는 안 그랬는데, 살다 보니 그러는 편이 여러모로 좋다는 결론을 내렸거든."

칼을 뽑았으면 무만 썰어선 안 된다.

확실하게 매듭을 지어야 한다.

가상세계에서 마족들을 상대하며 현준이 얻은 지혜이다.

어중간하게 상대하거나 살려두면 그 피해는 고스란히 현준과 동료들이 입었다. 나라 하나가 무너진 적도 있고, 동료들이 아예 몰살을 당한 경험도 있다.

그런 경험이 쌓여서 지금의 현준은 아주 많이 비장해졌다.

악은 징벌한다. 다시는 고개를 쳐들지 못하도록 깔끔하게.

하물며 김철곤은 이 미친 교회의 주인이다. 용납할 수 없는 죄를 수두룩하게 지었다. 권선징악을 제대로 보여줘야 할 때였다.

'뭐, 내가 선은 아니겠지만 말이지.'

하여간 허언은 아니라는 의미이다.

현준이 다소 거칠게 김철곤의 입에 붙인 테이프를 뜯었다.

찌익!

김철곤이 이맛살을 찌푸렸다.

"대체 원하는 게 뭐냐?"

"뭐냐? 말이 짧은데?"

쫘악!

현준은 김철곤의 뺨을 때렸다.

김철곤의 입에서 이빨 하나와 피가 튀었다.

"이런다고 내가 굴할 줄 알고!"

현준이 입맛을 다셨다.

"하, 이거 참. 기다려 봐. 여기 좋은 물건이 많아. 굳이 손을 쓸 필요가 없을 거 같아."

이곳은 병실이다.

무슨 병실?

사람 장기를 적출하는 병실.

고문 도구와 비슷한 것들이 이곳엔 참 많았다.

그리운 향수마저 느껴질 정도로 안락한 곳이다.

현준도 알고 있다.

자기가 제정신이 아니라는 것쯤은.

하지만 이런 자신도 받아들이기로 했다.

사라진 수십 년의 세월은 가짜가 아니며, 그로 인해 형성된 인격도 결국은 현준 본인의 인격이었다.

"뭐로 시작하는 게 좋을까? 뭐가 좋을 거 같아? 우선 손톱부터 뽑아볼까?"

작게 중얼거린 현준은 기다랗게 생긴 손톱깎이와 비슷한 형상의 물건을 손에 쥐었다. 손톱을 깎는다기보다 억지로 들어내는 장비지만 아무렴 어떤가.

콧노래를 부르며 수술대로 다가온 현준이 집게로 김철곤의 손톱을 잡았다.

"룰루루~ 그러게 착하게 좀 살지 그랬어. 나도 어지간해선 이 정도까진 안 하는데, 이건 해도 해도 너무하더라고."

"그, 그만! 그만!"

쿠득!

"끄아아악!"

김철곤의 비명 소리가 사방을 울렸다. 하지만 현준은 아랑곳하지 않았다.

떨어진 손톱 사이로 피가 뚝뚝 떨어졌다.

이런 악인도 피는 붉다. 까매야 정상인데 왜 붉은 걸까?

고통에 몸부림치던 김철곤이 고개를 바짝 들었다.

"물어봐! 아니, 물어보십시오, 다 말할 테니까!"

현준이 쯧쯧 혀를 찼다.

"말했잖아. 난 시작했으면 끝을 봐. 아직 손톱이 아홉 개나 남았어. 그러니 아홉 번만 참아."

쿠득! 쿠득!

"끄, 끄악! 끄아아악!"

비좁은 수술실.

구슬픈 김철곤의 비명 소리가 아홉 번을 더 울려 퍼졌다.

*　　*　　*

"저, 저는 정말 억울합니다. 워, 원래, 원래 저는 그냥 단순한 목사였단 말입니다. 신을 믿고 따르는 제가 이런 나쁜 일에 가담한 건 모두 강제적으로 이루어진 일입니다."

아주 구구절절하다.

이런 상황에서도 김철곤 자신은 나쁘지 않다는 듯이 그럴싸하게 포장하고 있다.

어이가 없어서 웃음이 나올 지경이다.

양심이란 게 있다면 이런 말은 못한다.

손톱 아홉 개를 뽑아낸 직후부터 김철곤의 태도는 완전히 달라졌다.

달라진 방향이 억울함을 토로하는 쪽이라 마음에는 들지 않았지만 현준은 얌전히 이야기를 들어주었다.

"하, 나쁜 일에 가담했다는 자각은 있었군. 이거 더 악질적이잖아?"

툭툭.

뺨을 건드리자 김철곤의 솜털이 사악 하고 일어났다.

"가담하지 않았다면 죽었을 겁니다! 놈들은… 놈들은 피도 눈물도 없는 악입니다. 완전한 악! 감히 항거할 수 없는…….'

"그러니까, 놈들이 누구야?"

"그건……."

현준이 스산하게 웃었다.

"지금 죽을래, 실날같은 희망이라도 찾아서 벗어날래? 참고로 편히 죽지는 못할 거야. 완전한 악이 아니라 악의 화신을 보게 될 테니까. 응?"

씨익!

하얀 이빨이 적나라하게 드러났다.

농담이 아니라 진담이다.

현준은 마음만 먹으면 차라리 죽고 싶게 만들 정도로 몰아붙일 수 있었다.

그것을 김철곤이라고 모를 리 없었다.

여태까지 현준이 일으킨 일들을 보자면 더한 일도 벌일 수 있다고 생각하는 게 타당했다.

거짓을 이야기했다가 걸리면 다음은 없으리라.

이럴 땐 얌전히 원하는 정보를 넘기는 게 최고라고 판단한 김철곤이 입술을 깨물며 작게 얘기했다.

"조정자… 어둠의 조정자. 한국을 뒤에서 움직이는 거물들."

"어둠의 조정자?"

들어본 바 있다.

구역마다 한 명씩 있다는 그 존재들을 말이다.

진짜 블랙 스타는 그 어둠의 조정자를 치다가 식물인간이 됐다고 했다.

동생인 이가은이 그 뒤를 이어 불철주야 노력하고 있지만, 단서조차 잡지 못하였다.

그 이름이 여기서 튀어나올 줄이야.

흥미가 동했다.

"이곳 교회는 말하자면 그들의 공동 창구인 셈입니다. 사람을 조달하고, 자원을 지원하고, 돈을 세탁하는……."

"벌집이었군."

"마, 맞습니다. 이곳이 습격받았다는 사실을 알게 되면 그, 그쪽도 무사하진 못할 겁니다."

벌집.

건드리면 벌들이 튀어나와 공격하는 게 당연지사.

하지만 그 안에는 여왕이 존재한다.

"잘됐어."

"예?"

"일일이 찾아갈 필요가 없다는 거잖아? 언젠가 한번 붙어볼 생각이었으니까. 그보다 그 전신개조자도 조정자들이 보내준 건가?"

"그렇습니다."

김철곤이 순순히 고개를 끄덕였다.

"우리나라엔 그만한 기술이 없을 텐데?"

"그게… 최근 개발되었다고 합니다. 누군가가 개발한 것을 슬쩍했다는 것 같던데……."

"슬쩍했다?"

"A지구에서 부통령에게 폭탄시계를 준 걸 계기로 낙방된 과학자가 한 명 있지 않습니까? 꽤 유명한 일화이고 유명한 사람이니 알고 계실 수도 있겠습니다만."

아버지다.

모를 수가 없다.

나는 여전히 변함없는 태도로 말했다.

"잘 알지. 그 과학자가 개발한 게 전신개조자와 연관이 있는 거였나?"

"자세한 건 저도 모릅니다."

"하여튼 좋아. 그래서?"

"그래서라니요?"

"그 과학자와 관련해선 제법 말이 많았지. 그의 일에 조정자들이 관여돼 있는 건가?"

"아마도… 그럴 겁니다."

아아, 이제 하나둘 퍼즐이 맞춰져 간다.

결국 아버지가 개발한 기술이 탐나서 그런 비극을 불러일으켰다는 소리다.

그 때문에 가족들은 F구역으로 강제 이전되었으며 하루하루 힘겨운 삶을 살게 되었다.

뿐인가.

어머니가 사이비 종교에 빠진 것도 그와 관계가 있다.

어쩌면 그조차도…….

현준은 무겁게 분위기를 잡으며 물었다.

"그런데 이제 와서 무슨 이유로 과학자를 필요로 한 거지?"

"…알고 계시는 겁니까?"

"과학자가 이곳에 잡혀 있단 이야기? 아니면 그의 아내가 이곳의 신도라는 이야기?"

"……."

김철곤은 할 말을 잃었다.

전부 알고 있는데 왜 굳이 묻는 것인지 의아해졌다.

"솔직하게 말해 봐. 그의 아내가 이곳의 신도가 된 게 마냥 우연인가? 이건 순전히 내 개인적인 궁금증이니까 쫄지 말고."

순전히 궁금해서 묻는 것처럼 연기했다.

과학자와 깊게 연관이 되어 있다는 걸 알면 김철곤의 대답도 달라질 수밖에 없었다.

사실만 듣고 싶은 입장에선 필요한 일이었다.

"과학자가 딴마음을 품을 수 없도록… 만약을 대비해서 잡아놓으란 명령을 받았습니다."

"역시 그랬군."

김철곤의 이야기에 거짓은 없었다. 그의 몸동작, 눈알의 움직임, 미세한 근육의 떨림까지 포착하여 현준은 김철곤을 유심히 지켜보고 있었다.

거짓이 아니라면 결국 이 모든 작품이 조정자들로 인해 벌어졌다는 이야기인데, 이것 참 괘씸하기 이를 데 없었다.

'이놈들을 어떻게 족쳐야 잘 족쳤다고 소문이 날까?'

얌전히 살려줄 순 없는 노릇이다.

은혜는 두 배로, 원수는 이만 배로 갚는다.

철저히 궤멸시키지 않으면 이 울분이 풀릴 것 같지 않았다.

"마지막으로 묻지. 과학자를 다시 잡아간 이유는?"

"저, 저도 그것까진 모릅니다. 그의 아내를 이용해서 과학자를 끌어들인 다음 잡아놓으라는 말밖에 들은 게 없습니다."

아버지의 유도까지 의도적이었다는 것이다.

만약 경주가 아니었다면 돌이킬 수 없는 강을 건널 뻔했다.

경주가 도망쳐서 자신에게 오지 않았다면 늦어도 한참 늦은 뒤에 이번 일을 파악할 수 있었겠지.

점입가경이다.

알면 알수록 입이 막히고 코가 막혔다.

"이, 이제 살려주십시오. 모든 걸 말씀드렸습니다."

김철곤이 눈물을 흘리며 말했다.

현준은 입가에 미소를 띤 채 고개를 끄덕였다.

"저승사자에게 말해봐. 살려달라고."

그리고 김철곤의 머리를 붙잡은 뒤 말을 이었다.

"편하게는 보내주지."

"제, 제발! 제에발! 분명히 나는 말했… 억!"

김철곤이 단말마를 뱉어내곤 눈깔을 뒤집었다.

절명한 것이다.

뇌를 일거에 태웠기에 큰 고통은 느끼지 않았을 터이다.

다른 사람이 겪었을 고통에 비해 너무 편하게 보내준 감이 있지만, 오랜 시간을 들여서 이놈을 고문하기엔 너무 바빴다.

게다가 만지면 오물이 튀듯 기분이 더러워질 것 같았다.

"메시아, 위치 확인은?"

―위성을 바쁘게 돌리고 있도다.

"이제 슬슬 나갈 거야. 바로 위치를 전송해 줘."

―알겠도다.

메시아의 답을 들은 즉시 현준은 몸을 돌렸다.

이제 슬슬 아버지의 족적을 따라 움직일 때였다.

현준은 바람처럼 빠르게 이동했다. 보이지도 않을 만큼 고속으로 발을 움직이며 메시아가 표기해 준 장소를 향해 달려 나갔다.

'A구역이라……'

문제라면 아버지가 향한 곳이 A구역이라는 것이다.

A구역은 철통처럼 보안이 되어 있어 몰래 들어가려면 여

간 애를 써야 할 터이다.

물론 지금의 능력을 가지고 들어가지 못한다는 생각은 하지 않았다. 마음먹기에 따라서 보안 자체를 허물고 부서 뜨릴 능력이 있었으나 세간의 집중을 단번에 받게 된다는 게 걸렸다.

그간 D, F구역에서만 활동해 아직까진 크게 주목받지 못하고 있었지만 A구역을 무단으로 침입할 시 도깨비 탈은 제재의 대상이 된다.

아는 사람만 아는 정도랄까?

높으신 분들도 도깨비 탈을 굳이 주목하지 않았다.

그러나 A구역에 발을 들이면 이야기가 달라진다.

철통 보안을 자랑하는 그들의 방어벽이 뚫렸으니 도깨비 탈을 가만둘 리 없었다. 현상범으로 지정하고 수많은 이리가 달려와도 이상하지 않다는 뜻이다.

"메시아, 정말 몰래 들어가는 방법은 없는 거냐?"

―당장은 없도다. 며칠 시간을 준다면 모르겠으나…….

"그 정도까지 여유롭진 않아."

―강행 돌파를 추천하도다. 여러 입구 중 가장 보안이 취약한 장소가 더 있는지 찾아보겠도다.

"빠르게 부탁해, 파트너."

짧게 답신한 후 현준은 부지런히 발을 놀렸다.

건물과 건물 사이를 뛰어다니고, 공기를 순간 연소시켜 짧게나마 비행하며 눈 깜빡할 사이에 사람들의 시선에서 멀어졌다.

며칠의 유예기간이 있다면 좋겠지만 아버지가 잡혀갔다. 당장은 해코지를 당하지 않으리라 생각하지만 그게 언제까지 지속될지는 현준도 몰랐다.

필요한 것들을 얻으면 아버지의 효용 가치는 다한다.

쓸모가 없어진 인질을 범인이 가만 놔둘 리 만무했다.

억지로라도 돌입하여 빼내야 할 상황이다.

'어둠의 조정자들, 뭔가 악연으로 묶여 있는 거 같은 기분인걸.'

아주 제대로 된 악연이 아닐 수 없었다.

이번 일 역시 그들과 매우 긴밀한 관계가 있을 터.

'전신개조자라⋯⋯.'

현준은 면밀하고 객관적으로 자신의 상태를 파악했다.

하늘믿음교회에서 만난 전신개조자와 비슷한 레벨이라면 세 대까진 상대할 수 있을 것 같았다.

그보다 더욱 완성된 형태라면 잘 모르겠지만, 그런 녀석이 흔할 리 없었다. 전신개조자의 적합률은 극악으로. 수술에서 생환하는 숫자 역시 매우 적다고 들었다.

양산이 되려야 양산이 될 수 없는 구조인 것이다.

물론 그 구조를 깨고 양산이 가능하게 된다면 무력적인 측면에서 단번에 세계 최강국이 되어도 이상하지 않겠지만⋯⋯.

　'그럴 리가 없지.'

　적어도 수십, 수백 년은 흘러야 가능할 법한 일이다.

　─찾았도다. 조금 더 보안이 낮은 곳이도다.

　"위치 띄워줘. 바로 달릴 테니까."

　─알겠도다.

　다행히 메시아가 새롭게 찾은 위치는 지금 현준이 있는 곳에서 멀지 않았다.

　서울의 중심부.

　그중 B구역도 아닌 A구역에 들어가는 일이기에 현준의 표정은 더없이 진중해졌다.

　90% 이상의 보안이 이곳에 집중되어 있다고 해도 과언이 아니다.

　한 발 잘못 디디면 그대로 돌이킬 수 없는 상황에 직면하고 만다.

　그리고 자신이 실패하면 아버지에게 무슨 일이 벌어질지 알 수 없었다.

　'나의 안전과 아버지의 안전 둘 다 챙겨야지.'

　현준의 눈이 불꽃처럼 불타올랐다.

*　　*　　*

A구역을 둘러싼 거대한 장벽.

모든 테러로부터 완벽하게 안에 든 이들을 보호하며, 유사시 보이지 않는 전자기장이 펼쳐져 미사일 따위를 막아낼 수 있다.

지하로의 침입마저 방비가 되어 있었기 때문에 정면을 뚫는 게 가장 빨리 A구역으로 들어갈 수 있는 방법이다.

하지만 정면의 성문은 아이디카드를 체크한 뒤 각종 인식을 거쳐야만 들어갈 수 있었다. 세포 단위로 면밀히 조사하기에 어지간한 위조는 먹히지 않았다.

A구역에 있을 당시에는 이 장벽과 성문이 그처럼 안전해 보일 수가 없었다. 하지만 힘을 얻은 지금 와서 자세히 살펴보니 결국 방어 레벨 이상의 공격에는 허무할 정도로 쉽게 무너지도록 설계되어 있었다.

'제대로 된 테러가 일어나면 이 성문이 안에 있는 사람들을 지킬 수 있을까?'

세계는 궁핍해졌고, 힘 있는 자들만 살아남는 구조가 완성되었다. 세계 각지에서 테러가 끊이지 않았으며 사람의 목숨을 초개처럼 여기는 이가 많았다.

대한민국은 어느 정도 테러에서 안전한 지역이나 자유로울 수는 없었다. 언젠가 제대로 된 공격을 받는다면 어찌 될지 앞날을 예측하기 힘들었다.

완성형의 전신개조자들이 소수만 투입되어도 이 방어벽은 무너지고 말 것이다. 지금 현준이 하려는 행동처럼 말이다.

'전신개조자 정도만 되어도 아무리 벽이 높아도 타고 넘어갈 수 있지.'

장벽은 높다.

하지만 현준은 이를 무시한 채 올라갈 수 있었다.

벽을 외부에서 공격하거나, 지하로 땅굴을 파거나, 억지로 문을 열려는 것들에 대해선 제대로 방비가 작동하게 되어 있었지만, 아예 벽을 넘는 부분에 있어선 생각하지 못한 것 같았다.

벽을 넘는다 하여도 건너편에는 군대가 있을 것이고, 당연히 충돌하겠지만 따돌리는 것 자체는 어렵지 않을 것이다.

그 이후로는 대한민국의 심장부인 서울 중심부에 도달하게 되는 것이다.

어디까지나 평범한 침입자를 염두에 두고 쌓아둔 장벽과 매뉴얼들.

현준과 같이 초월한 존재에게는 전혀 쓸모가 없었다.

다다닥!

조그마한 마찰력만 가지고도 날아오르듯 벽을 탈 수 있기 때문이다.

장벽의 높이는 12미터가량.

이런 걸 수백 제곱킬로미터나 펼쳐 놓았으니 누군가가 벽을 올라도 당장은 모를 수밖에 없었다. 단순히 벽에 손을 대는 것만으로 비상벨이 울린다면 군인들은 하루 종일 울어대는 벨 소리에 노이로제에 걸릴 것이다.

미약한 기상의 변화로도 이만한 충격은 줄 수 있기 때문이다. 돌멩이가 날아오거나 조류가 부딪치는 경우도 염두에 두지 않을 수 없다.

물론 아예 대책을 세워놓지 않은 건 아니다.

'오랜만에 보는 지짐이로군.'

벽의 꼭대기 부분에 설치된 전류 장판들.

무언가가 올라오면 전류를 흘려 태워 버리도록 설계되어 있었다.

찌릿!

살짝 손을 대자 깜짝 놀랄 만큼의 전류가 몸 안에 흘렀다.

'견딜 만해.'

이 몸의 저항력은 상당히 높은 것 같았다. 전기조차 어느 정도는 무시해 버렸다. 하기야 그러지 않고선 화염을 내뿜는데 견딜 수 있을 리 없었다.

장시간 노출되어서 좋을 건 하나도 없으니 빠르게 지나가는 게 중요했다. 현준은 단번에 벽을 차고 올랐다.

위이잉—!

그 순간 주변의 장벽에서 비상벨이 울렸다.

누군가, 혹은 장벽의 시스템이 현준을 발견하고 비상벨을 울린 것이다.

이곳이 제아무리 가장 방비가 안 되어 있는 곳이라고는 하나 적어도 수십의 군인이 대기하는 곳이다. 순식간에 벨이 울린 장소로 몰려든 군인들이 총기를 들고 현준을 위협했다.

지잉!

레이저 한 줄기가 현준의 바로 옆 허공을 꿰뚫고 지나갔다.

역시 A구역이다.

대한민국의 부와 권력이 집중된 장소답게 무기도 최신식이었다.

이곳이 아닌 구역에선 아직도 구식 총을 사용하는 경우가 많았다. 반면 A구역은 지킬 만한 값어치가 존재하기에 레이저건도 기본적으로 보급되었다.

투웅!

벽에서 낙하하듯 떨어져 내린 현준이 대지에 발을 딛고 섰다.

주변에는 나무가 무성했고 그 사이사이로 여러 발자국 소리가 들렸다.

현준이 떨어진 지점을 예측하여 몰려들고 있는 것이다.

'귀찮게 구는군.'

이들을 일일이 상대할 시간은 없었다.

무시하는 게 상책이다.

어차피 저들이 공격한다고 상처를 입을 현준도 아니었다.

"메시아, 방향은?"

─A구역 안은 방해 전파가 강해서 방향 산출이 매우 어렵도다. 단순히 방향만이라면 알려줄 수 있지만 그 사이에 무엇이 있을지 정확히 파악할 수 없노라.

"방향만 알려줘도 충분해."

─알았도다. 표시했도다.

북서쪽.

방향이 확인된 즉시 현준은 빠르게 발을 놀렸다.

현준이 달리는 속도는 마치 바람과 같았다. 인간의 한계를 벗어나지 못한 군인들이 현준의 속도를 따라갈 수는 없었다.

지나가는 것을 인지했을 때면 이미 저 멀리 사라지고 있었다.

"쫓아!"

"본부에 연락해!"

"망할! 저건 또 뭐야!"

현준이 순식간에 군인들 사이를 헤치며 유유자적 사라지자 곳곳에서 앓는 소리가 들려왔다. 그들로서도 갑작스럽게 출현한 현준에게 매우 당황할 수밖에 없을 것이다.

*　　*　　*

A구역.

아파트보다 개인 저택이 우후죽순 몰려 있는 저택 단지.

대한민국 상위 1%만이 출입 가능한 이곳에 현준은 발을 들였다.

'오랜만이군.'

안으로 들어갈수록 현대 기기는 적어지고 대신 녹음의 자연이 넘쳐났다.

다른 구역보다 공기가 맑고, 거리를 청소하는 자동로봇

은 동시에 오늘의 뉴스나 날씨를 알려주기도 했다.

현준으로서도 굉장히 오랜만에 보는 광경.

감회가 새로웠다.

과거 이곳에서 철없이 보내던 시절도 있었다.

몇몇 친구들과 어울려 걱정 없이 밤낮을 보내던 때다.

아버지는 자기 일에 충실하셨고, 어머니는 자상하기 그지없었으며, 경주 역시 지금과는 비교도 안 될 정도로 활달한 생활을 영위하던 그때.

이제는 기억도 가물가물하지만 나쁘진 않은 기억이다.

'시간이 없는 게 아쉽군.'

시간적 여유가 많았다면 천천히 주변을 감상하는 여유정도는 부릴 수 있었을 텐데 지금은 여유를 부릴 상황이 아닌지라 아쉬웠다.

현준은 다시 이곳으로 돌아오는 시기를 상상해 보았다.

하지만 고개를 저었다.

생활은 편할 테지만 이곳은 너무나 답답한 장소였다.

하고 싶은 걸 뭐든지 할 수 있으니 교류도 적었다.

사람 냄새가 안 나는 곳, 그것이 A구역이다.

'사람 대신 로봇이 그 자리를 차지했으니까. 내가 친구를 만들고 그들과 교류한 것도 반쯤은 억지였지.'

현준보단 아버지의 후광을 보고 접근하는 이가 몇 있었

다. 그들을 마냥 밀어낼 수도 없는 입장인지라 같이 어울리기 시작한 것이다.

몇 년이나 교류했음에도 친하다고 할 수 있는가에 대해선 고개를 갸웃할 수밖에 없었다.

현준과 가족이 좌천된 이후 그들은 단 한 번도 찾아오지 않았다.

그것을 진정한 의미에서 친구라고 할 수 있을까?

그냥 알고 지내는 지인 정도라고 본다.

어쩌면 지인보다 못할 수도 있고.

'내가 찾아간다고 기뻐나 할까?'

고개를 젓는다.

찾아갈 수 있는 상황도 아니지만, 만나게 된다면 반가움보단 거북함이 크리라.

모르는 척 외면하며 지나칠 수도 있겠다.

도움의 손길을 바란다고 내밀 것 같지도 않았다.

"안녕하십니까? 오늘의 날씨는 매우 맑을 예정입니다."

깡통을 뒤집어쓴 것과 비슷한 모양의 자동로봇이 현준에게 인사했다.

"신경 거슬리게 하지 말고 가라."

"알겠습니다. 즐겁고 행복한 하루 되시길 바랍니다."

군인들을 따돌릴 때처럼 빠르게 달려나가기에 A구역은

걸리는 게 많았다. 무슨 기계가 있을지 몰랐고, 무엇보다 건물이 너무 낮았다.

　적당한 속도를 유지하며 달리고 있자니 이처럼 로봇들이 말을 걸어오는 경우가 생겼다.

　몇 번 무시하거나 건드리지 말라고 명하자 그 뒤로부턴 로봇들이 현준에게 말을 걸지 않았다.

　'빨리 이동하는 게 좋겠군.'

　과거에 사로잡혀 있을 때가 아니었다.

　지금은 어디에 있을지 모를 아버지를 한시라도 빨리 찾는 게 먼저였다.

　현준은 씁쓸히 웃으며 빠르게 발걸음을 옮겼다.

제2장

연구단지

사람들의 모습은 천편일률적이었다. 주변을 아예 신경 쓰지 않거나 자신만의 세계에 갇혀 있는 이들.

이곳에선 원한다면 마약도 담배처럼 쉽게 손댈 수 있었다.

몸에 해로운 부분을 최대한 없앤 알약도 시중에 은연중 유통되고 있었다. 합법은 아니어도 누구 하나 잡지 않는 그런 물건이다.

어차피 몸에 크게 해롭지 않다면 마약이나 담배나 매한 가지인 탓이다.

그래서 A구역의 많은 이들이 마약을 복용했다.

설혹 몸에 문제가 생긴다고 해도 신장을 갈아 끼우면 그만이다. 그런 부분에 있어선 아버지가 엄했기 때문에 현준이나 경주는 손대지 않았지만, 다른 이들은 달랐다.

"어머, 내가 그랬던가?"

"그렇습니다. 사모님, 어제 그 일을 잊으신 겁니까?"

적당히 사람의 모습을 한 로봇과 대화하는 여자의 모습도,

"그래, 바로 그거라고! 흐흐흐, 역시 내가 최고라니깐."

혼잣말을 중얼거리는 중년의 남성도,

"미미, 오늘 가상 환율 시세는 어때? 뭐, 3포인트 하락? 아, 젠장. 어쩐지 감이 좋지 않더라니. 미미, 미리 캐릭터 세팅 좀 해놔. 집에 들어가면 바로 들어가게."

가상의 캐릭터와 잡다한 이야기를 나누는 청년도 있었다.

그들의 공통점은 서로를 신경 쓰지 않는다는 것이며, 모두 약에 취한 상태라는 점이다.

'시체의 제국.'

불현듯 든 생각이다.

이들이 마치 걸어 다니는 시체처럼 느껴졌다.

아버지도 그를 알기에 현준에게 약물에 손대지 말 것을

강하게 주장하신 건 아닐는지.

안에 있을 땐 몰랐다.

바깥에 있을 때도 크게 느끼지 못했다.

하지만 바깥에 있다가 안으로 들어오니 확실하게 알겠다.

A지구는 시체의 제국이다. 이곳엔 바깥에선 상상할 수 없는 향락이 존재했지만, 반대로 여겨보면 아무것도 없었다.

로봇과 인간의 교감? 그런 것은 사실 가치가 있다고 생각하기 어려웠다. 짜인 프로그램 내에서 원하는 반응만을 보이는 게 로봇이다.

그야 스트레스 받을 일 없고, 남의 눈치 볼 필요가 없으니 로봇과의 대화도 나쁘진 않았다. 하지만 그래서 무엇이 남는단 말인가?

가상에서 벌어지는 일도 현실에 크게 영향을 주지 못한다. 어차피 이들은 전부 가진 존재들이기에 가상에서 벌어들이는 재화나 아이템 따위는 잠시의 즐거움 그 이상의 가치를 가지지 않는다.

현준이 가상현실 역시 멀리한 것도 위와 비슷한 이유였다. 하고 나면 굉장히 허무해지는 기분, 그게 싫었다.

'사람들의 모습을 보니 딱히 A지구에 들어올 필요는 없

겠군.'

삶의 질적 향상을 위해서라면 C지구면 충분했다. 적어도 그곳은 사람들이 부대끼며 살아가는 맛이 있었다. 문제도 많았지만 시체들이 걸어 다니는 이곳보다는 나았다.

현준이 도깨비 가면을 쓰고 있음에도 그들은 문제 삼지 않았다. 아예 관심이 없었다. 보통은 궁금해서라도 한 번쯤 돌아볼 법한데도.

얼마나 남에게 신경을 안 쓰는지 알 수 있는 대목이다.

씁쓸한 한편 그렇기에 편히 움직일 수 있었다.

이들에게는 위험 의식이 없다.

테러가 일어난대도 크게 두려움을 느낀다거나 하지 않을 것이다.

알아서 처리해 주겠지 하는 안이한 마음으로 있다가 단번에 쓸려나갈 게 분명했다.

장벽 하나만 믿고 정신을 놓은 채 생활하는 이들의 모습은 보면 볼수록 답답함을 가져다줬다.

바깥은 얼마나 치열한데.

치열하지 않고서는 살아갈 수 없고, 그러하기 때문에 더욱 자신이 살아 있음을 실감한다.

'이곳에 있을 때 나는 살아 있었던가?

적어도 이들보다는 나았다고 확신한다.

하지만 크게 다르진 않았을 테다.

시체가 반시체가 된 것뿐.

하여 아버지는 더욱 기계를 사람답게 만들고자 노력하셨다.

사람보다 기계가 친근한 지금의 모습이라면 점차 나아질 것이라고.

로봇들이 진짜로 감정을 가지게 된다면, 로봇이 인간과 다를 게 없어진다면 사람들은 다시금 서로를 바라볼 것이라고 믿으면서 말이다.

그 믿음이 실현되기 전에 좌천당하고 말았지만 아버지의 꿈과 마음은 한결같았다.

'그런 아버지를 데려갔단 말이지. 아버지가 가진 기술을 노린 거라면 역시 전신개조자와 관련된 일인가?

아버지의 기술력은 압도적이다.

적어도 국내에서 아버지를 따라올 수 있는 기술자는 없었다.

그것을 알기에 살려뒀다는 느낌도 강하다.

대체제가 없으니 큰일을 벌였대도 쉽사리 죽이진 못했겠지.

현준은 메시아가 표기해 준 방향으로 계속해서 움직였고, 저택 단지와 시내를 벗어나 곧 연구단지를 목격할 수 있었다.

각종 연구 시설이 준비된 이곳이 메시아가 표기해 준 곳이다.

'크군. 넓고 사람도 많아.'

하얀색 가운을 입은 연구원들이 숱하게 오가는 연구단지였다. 입구 근처에 서 있을 따름인데도 수십 명의 연구원이 눈에 들어올 정도이다.

그들뿐만이 아니라 곳곳에 군인들이 배치되어 있었다. 기밀을 요구하는 장소이니만큼 민간인의 출입이 엄격하게 통제되는 듯싶었다.

하지만 통제한다고 통제당할 거였다면 찾아오지도 않았다.

현준은 목을 돌리고 손을 푼 뒤 입구 쪽으로 다가갔다.

"멈춰라! 그리고 정체를 밝혀라!"

"탈을 벗어! 이곳은 민간인 출입 금지 지역이다!"

알고 있다.

현준은 멈추지 않았다.

"한 발자국 더 다가오면 쏜다!"

"정지! 정지!"

발견한 즉시 쏘지 않아서 고맙다고 해야 할까?

아니면 몇 번이나 경고를 날려줘서 감사함을 표해야 하

는 걸까?

장벽에서 대뜸 레이저건을 날린 군인들과는 다른 반응.

A지구의 민간인이라면 쉽사리 건드릴 수 없기에 그들로서도 어쩔 수 없는 것일 터.

물론 현준을 발견한 즉시 총을 갈겼대도 그들의 미래가 달라지진 않을 것이다.

그들의 말이 끝남과 동시에 현준의 전신에서 불길이 치솟아 올랐다.

현준은 썩은 미소를 지어 보였다.

'너흰 사람 잘못 건드렸어.'

결국 이곳의 군대도, 사람도, 믿음하늘교회도 모두 어둠의 조정자, 혹은 부패한 정치인과 손이 닿아 있다는 뜻이다.

현준은 현상금 사냥꾼!

죄 지은 이들을 벌하는 자다.

얌전히 행동해 줄 이유가 전혀 없었다.

화르륵!

*　　　*　　　*

연구시설 곳곳에서 화마가 치솟았다.

위에에에엥―!

사이렌이 울리며 연구원들이 피신하기 시작했다.

무장한 군인들이 대거 이동하여 침입자를 향해 다가갔
다.

화아악!

침입자인 현준은 동에 번쩍 서에 번쩍 그들을 농락하면
서 아버지가 있는 연구 시설을 향해 빠르게 다가가는 중이
다.

현준이 손짓할 때마다 어김없이 한 곳이 불타올랐다.

사람이 타오르는 경우도 있었다. 연구단지의 특성상 화
재에도 대비를 해놨지만 현준의 몸에서 뿜어지는 불이 어
디 보통 불이던가?

현준은 불의 왕이다.

원하는 곳에 원하는 만큼의 불을 내지를 수 있었다.

"제길! 지원 병력 요청해! 뭐 저딴 새끼가 다 있어!"

"하고 있습니다! 이 새끼들이 장난인 줄 아는데요?"

"장난? 네 눈엔 저게 장난 같으냐! 전신개조자다! 전신개
조자가 쳐들어 왔다고!"

그들의 눈에 현준이 전신개조자처럼 보이는 것도 이상한
일은 아니었다.

고작 한 명에게 유린당한다는 걸 수치로 느끼는 지휘관 급의 인물들도 많았다. 그들은 목에 핏대를 세우며 현준을 저격했지만 모두 부질없는 짓이었다.

"개조자부대! 개조자부대는 어디 갔나?"

"오고 있습니다. 2분 후면 도착할 겁니다."

"그들이 오기 전까지 버텨야… 크악!"

그래서 현준이 생각한 게 지휘 체계를 무너뜨리는 것이다.

머리만 없애면 밑의 군인들은 우왕좌왕할 수밖에 없다.

그사이 아버지를 빼낸다.

일단은 귀찮은 것들부터 떼어낼 필요가 있었다.

'어차피 조용히 처리하긴 글렀어. 그러길 바라지도 않았고.'

전부 쓸어버리지 않으면 성에 차지 않는다.

연구 시설인 만큼 방비가 잘돼 있어서 조용히 처리할 수도 없었다.

이왕지사 벌인 일, 화끈하게 해야 할 필요가 있었다.

그리하여 현준을 건드린 이가 후회하도록 만들어야 했다.

"제, 젠장! 끄으윽!"

현준의 붉게 달궈진 손은 방탄복을 뚫고 생살을 태웠다.

복부가 꿰뚫린 군인이 단말마를 지르며 쓰러졌다.

그 즉시 뒤도 돌아보지 않고 움직여 바로 옆에서 통신을 돌리던 군인의 목을 때렸다.

데구루루.

잘려나간 목이 바닥을 뒹굴었다.

현준이 지나가는 자리엔 시체만이 널렸다.

군인들은 그 광경을 바라보며 몸서리를 쳤다.

"괴물 자식!"

그들의 눈에 현준은 괴물로 비춰졌다.

실제로 전신개조자를 본 이들도 있지만, 그들조차 이 결과에 놀라기는 매한가지였다.

대체 누구란 말인가?

도깨비 탈을 쓴 자!

냉정하고 무자비한 학살자!

화악!

"크아악! 살려줘!"

생명 하나가 타오르며 또다시 꺼졌다.

생살이 타는 불쾌한 냄새가 사방에서 진동했다.

그럼에도 현준의 눈에는 흔들림 한 점 존재하지 않았다.

*　　　*　　　*

현준이 화려하게 일을 벌이고 있는 그 시각.

한 연구 시설의 지하에서 회색 코트의 남자가 여유롭게 미소 짓고 있었다.

"웬 쥐새끼가 들어왔나 보군."

원탁 형태의 식탁을 가운데 두고 회색 코트의 남자는 의자에 앉아 밀크 티가 들어 있는 잔을 손에 쥐었다.

"날… 가만히 내버려 둔다 하지 않았소."

회색 코트의 남자에게 말을 건네는 이.

그는 현준의 아버지였다.

"가만히 둘 수 없는 사정이 생겨서 말이야."

"그렇다고 내 아내를 볼모로 잡다니… 이 천하의 악덕한!"

회색 코트의 남자가 어깨를 으쓱했다.

"볼모로 잡았다고? 그 말에는 어폐가 있군. 그녀 스스로 원해서 그 교회에 들어갔을 뿐이지. 그러게 집안 관리를 좀 잘하지 그랬나?"

"닥치시오! 아내에게 무슨 일이 생긴다면 더 이상 협력하지 않겠소!"

"물론 그녀를 다치게 할 생각은 없다네. 우리에게 많은 것을 양보한 자네인데 말이야. 그 정도 대우는 해줘야지."

고작 다치지 않게 해주는 것도 대단한 대우라도 된다는 듯 회색 코트의 남자는 말했다.

"일이 조금 복잡하게 됐어. 전신개조자가 우리만의 기술로 거의 완성되고 있는데 마지막 피스가 없더군. 적합자 말이야. 실험 도중 죄다 죽어버렸지 뭔가?"

"그 문제는 나도 어찌할 수 없는 부분이오."

"아니, 자네는 할 수 있어. 오직 자네만이 할 수 있지."

"…내가 전신개조 시술을 받으란 말이오?"

회색 코트 남자가 빵끗 웃었다.

"설마 자네 같은 인재를 그런 일에 사용할 수 있나? 내 말은… 자네가 만들어낸 인공 뇌에 관해서야."

"인공 뇌는 실패했소. 사람의 뇌와 비교하면 허접하기 이를 데 없었지."

"정말 그러한가? 우리에게 무언가를 숨긴 게 아니라?"

"이미 내 원천 기술은 전부 그대들에게 도둑맞았지 않소! 대체 더 이상 내게 바라는 게 무엇이오!"

회색 코트의 남자가 매우 진중해진 표정으로 입을 열었다.

"그럼에도 인공 뇌를 만드는 분야에 있어서 그대는 독보적인 존재지. 사실 완성된 인공 뇌가 있으리란 기대는 안 했어. 그러니까 우리와 함께 일해 볼 생각이 없냐는 걸세."

"미쳤군. 단단히 미쳤어. 나를 나락으로 떨어뜨린 자들과 함께 일하라? 차라리 혀를 깨물고 죽는 게 낫소!"

"워워, 그러면 우리도 자네 가족의 안전을 보장할 수 없어. 웬만하면 서로 좋게 가는 게 어떤가? 과거와 같이 과격한 행위는 나도 이젠 삼가고 싶군."

"대체… 전신개조자 따위를 만들어서 어디다가 쓸 셈이오?"

"위의 생각을 나 같은 졸개가 어찌 알겠나? 다만 한 가지 바라는 게 있다면."

이어 남자는 별것 아니라는 듯 피식 웃으며 말했다.

"압도적인 기술력으로 재현한 세계 정복이지. 우리에게만 존재하는 미래유물… 메시아라 불리는, 바로 그 초과학과 결합해서 말이야."

*   *   *

현준의 앞을 막는 자는 모두 재가 되어버렸다.

불과 몇 분 남짓한 동안 그들이 할 수 있는 거라곤 살려달라며 울부짖는 것뿐이었다.

이후 개조자부대가 도착했지만…….

전신개조자조차 성에 차지 않던 현준이다. 신체의 일부

를 개조해도 여전히 인간의 한계를 돌파하지 못한 반편이들이 현준의 발목을 잡을 수 있을 리 없었다.

하지만 확실히 몇 분의 시간을 더 버는 것은 가능하였다. 그 시간 동안 또 다른 후속대가 도착했고, 현준은 그들을 연신 격파하며 앞으로 나아갔다.

'끝이 없군!'

쓰게 입맛을 다셨다.

이곳은 A구역이다.

당연히 방비의 수준이 다를 수밖에 없다.

연계 또한 무척이나 빨랐다. 애초에 A구역은 그렇게 넓은 지역도 아닌데다 면적에 비해 수많은 군인이 밀집되어 있었기 때문이다.

그것을 너무 얕보고 말았다.

내심 전신개조자를 잡고 이곳까지 수월하게 들어오며 '군대는 내 상대가 되지 못한다'는 심증을 가지게 되었다. 물론 찾아오는 족족 파멸했으니 상대가 되지 못하는 건 맞았다.

문제는 숫자였다. 숫자가 너무 많았다.

가상의 세계에서 아무리 무감각해진 현준이라도 슬슬 머리가 아파올 수밖에 없었다.

"쏴라!"

"죽여!"

거세게 밀고 들어오는 병졸들.

모두 초개처럼 쓰러질 것들이다.

주변에 쌓인 시체를 보고서도 느끼는 게 없단 말인가?

이쯤하면 겁을 먹고 물러설 법도 하건만…….

'확실히 이상하다.'

인간의 정신에는 한계가 있다. 대적할 수 없는 존재를 맞이했을 땐 제아무리 정신력이 강한 사람이라도 주춤거리게 되어 있다.

헌데 다가오는 병졸들은 그런 기미가 없었다. 무척이나 흥분한 상태였고, 그게 계속 지속되고 있었다.

'약…….'

이런 상황을 유도할 수 있는 거라면 역시 약밖에 떠오르는 게 없다.

정신을 각성시키는 무언가로 군인들을 재조립한 것이다. 아마도 거기서 그들의 의사는 없었으리라. 오로지 침입자를 쳐내기 위해 A구역에 발을 들이는 걸 허락받았을 터이다.

'썩었다. 제대로 썩었어.'

주로 위쪽이.

그들로 말미암아 한국은 범죄자의 천국이 되어버렸다.

범죄자가 판치는 이곳이 바로 현준이 태어난 나라였다.

'아버지는 말하셨지. 한국을 떠나 넓은 세상을 보라고. 하지만… 결국 다시 돌아오게 되었어.'

유학이 결정된 당시의 일이다.

현준은 국내를 떠나는 게 싫었지만 아버지의 완강한 태도에 한 수 물러설 수밖에 없었다.

결국 유학이 결정되었고, 그곳에서 누명을 쓰고 감옥에 갔다. 형량을 줄여주는 조건으로 우주의 쓰레기를 수집하여 돌고 돌아 여기까지 도달했다.

그러나 해외에서 배운 거라면 분명히 있었다.

체류 시간은 짧았지만 이곳 한국과 달리 그들은 언제나 변화했다.

정체되길 거부했다.

물론 현준이 누명을 쓴 것처럼 범죄자는 많았다. 자원의 고갈로 세상은 갈수록 팍팍해져 빈부 격차가 격화되었기 때문이다.

다만 그들은 그래도 밝았다.

부의 환원이 어느 정도 이뤄지고 있었고, 그런 시스템을 국가에서 만들었다. 물론 이 시스템의 망을 교묘하게 피해가 재산의 이상 증식을 꾀하는 이들도 많았지만 그것은 사람이 사는 곳이라면 어디나 똑같은 법이다.

문제는 적어도 사람의 계급을 나누며 없는 자를 핍박하진 않았다. 그래도 그들은 일을 하며 일용할 양식 정도는 구할 수 있었으므로.

반대로 한국은 그렇지가 않다. 구역을 나누어 사람들을 격리시켰다.

이런 나라는 세계적으로도 매우 적었다.

선진국이었다면, 국민의 시민의식이 깨어 있다면 이런 일이 일어나기 전에 들고일어났을 것이다.

그러나 한국 사람들은 있는 자의 밑에 있는 것을 스스로 납득했다.

그들이 베푸는 아주 조그마한 온정에 기대어 노예처럼 살아가는 걸 이상하게 여기지 않았다.

이제는 그게 도를 넘어 정신마저 조종하려 한다.

군인들은 그저 집 지키는 개 이상이 아니었다.

'겉으로만 민주주의, 그 속은 썩을 대로 썩었다. 군대가 더욱 큰 권력을 쥐고 있으니……'

현준은 이를 갈며 달려드는 군인들을 바라봤다. 저들은 그저 희생양이라는 생각이 잠시 들었으나 이런 상황에서 자비는 결국 비수가 되어 자신의 심장을 찌르게 되어 있다는 것을 현준은 알고 있었다.

게다가 지금 현준은 물불을 가릴 처지가 아니었다. 아버지가 납치당한 상황이다. 저들 탓에 구출 시간이 더욱 멀어지는 중이다.

독하지 않으면 장부가 아니랬다.

워낙 많은 피를 봐서 완전하게 무뎌지고 말았다.

이곳은 가상의 세계가 아니고, 그렇다면 혈귀(血鬼)에게는 사로잡히지 말자 다짐했지만 세상이 그렇게 놔두지를 않는다.

'나를 원망하지 마라.'

현준의 눈이 붉게 타올랐다.

*　　　*　　　*

뚝! 뚝!

피에 절은 현준이 계단을 내려가고 있다.

더 이상 사고하는 걸 포기했다.

그저 닥치는 대로 죽인 결과이다.

막는 게 있으면 부수고 파멸시켰다. 다가오는 모든 것을 적으로 간주하여 압살해 버렸다.

약에 취한 군인들도 후에 가선 두려움을 느낄 정도였으니 더 말해 무엇하랴.

"빌어먹을! 대체 무슨 상황인 거야! 이런 재밍 기술이 있다는 건 들어본 적이 없는데!"

멀지 않은 곳에서 다급한 말소리가 들려왔다.

내가 그토록 난동을 피웠으니 아무리 지하 벙커 같은 곳에 숨어 있더라도 모를 수가 없었을 것이다.

그리고 다급한 남자의 목소리로 보건대 메시아가 이 근처에 강력한 재밍을 걸어 통신을 불가능하게 했음이 분명하였다.

현준은 아랑곳하지 않고 질척이는 발을 움직여 계단을 내려갔다.

발을 움직일 때마다 흐르는 피가 바닥을 적셨다.

현준의 피는 당연히 아니었다.

이 한 방울, 한 방울이 모두 다른 사람에게서 묻었다면 대체 얼마나 많은 이를 뚫고 이곳에 도달한 건지 상상하는 것만으로도 아득하다.

"드디어 통신병이 도착한 모양이군. 왜 이제야 왔나? 위에서 도대체 무슨 일이 벌어진……?"

회색 코트의 남자.

그가 반갑다는 기색으로 앞서 나왔다.

이내 현준을 발견하곤 미간을 찌푸리며 한 발자국 물러섰다.

"…너는 대체 누구냐?"

전신이 피투성이인 현준의 모습은 그로테스크했다.

회색 코트의 남자가 그 진한 피 냄새에 기겁했다.

그에 현준은 짧게 답했다.

"사신."

"뭐?"

"너는 결코 건드려서는 안 될 것을 건드렸다, 이 망할 새끼야."

화르륵!

현준의 손이 다시 한 번 타올랐다.

지하가 한층 더 밝아지며 현준의 무표정한 얼굴이 적나라하게 드러났다.

"누, 누구냐, 넌? 설마 위에서 난동을 피운 게……?"

"덕분에 보기 싫은 피를 숱하게 봐버렸지. 여기서 한 번 더 보는 것쯤은 아무것도 아닐 정도로 말이야."

"머, 멈춰라!"

멈추라 하여 멈춘다면 이곳까지 오지도 않았다.

현준의 발걸음이 순간적으로 가속했다.

눈 깜빡할 사이에 회색 코트의 남자에게 도달했고, 현준은 있는 힘껏 주먹을 밀어 넣었다.

파삭!

"컥!"

짧은 단말마.

머리가 돌아가며 동시에 타들어가기 시작했다.

역한 타는 냄새가 났지만 이미 마비된 현준의 코에는 주변 공기와 별반 다르지 않았다.

너무 쉽게 보내준 감은 분명히 있었다.

하지만 아무리 현준이라도 위에서 너무 많은 피를 본 탓에 더는 상종하기가 싫었다. 최대한 빠르게 끝낸 뒤 씻고 싶은 마음만 간절했다.

"이게 무슨 소리……?"

이어 익숙한 얼굴의 한 남자가 모습을 드러냈다.

곧 그 남자는 경악하며 현준을 바라봤다.

"아버지……."

현준이 힘없이 말했다.

충분히 아버지가 놀라리라고 예상은 하고 있었다. 오히려 자신을 질타할 수도 있겠다는 생각에 마음의 준비도 잔뜩 해놓았다.

그러나 막상 마주하니 준비한 게 전혀 소용이 없었다.

위에서 수많은 이를 몰살시키고 무감정하게 회색 코트의 남자까지 쳐냈지만, 그런 일보다 아버지 앞에 이런 꼴로 섰다는 것 자체가 죄스러웠다.

대체 어떤 식으로 비춰질까?

그나마 현준을 알아봐서 다행인 걸까?

온갖 상념이 머리를 복잡하게 만들었다.

도망치고 싶다는 마음이 불현듯 들 정도이다.

"너……."

이윽고 아버지가 입을 열었다.

아버지는 처음에는 매우 놀라더니 잠시 한숨을 내쉬고 손을 들어 미간을 짚었다. 그리곤 차분하게 말했다.

"…할 얘기가 많을 것 같구나."

"예."

서로 숨기는 게 많다.

어차피 일이 이렇게 되었으니 이번 기회에 모두 밝히는 것도 나쁘지 않으리란 판단이 들었다.

아버지가 다시 진득하게 한숨을 내쉬었다.

"위의 소란도 네가 피운 것이냐?"

"아버지……."

"네 꼴을 보니 무슨 일이 일어났는지 대강 짐작이 간다. 후우! 내가 여기에 있는 걸 알고 움직인 것이겠지."

"상대는 아주 강한 세력을 가진 정체불명의 적입니다. 그들의 손에서 아버지를 구하려면 이 수밖에 없다고 생각했습니다."

용기를 내어 입을 열었다.

아버지가 이마를 짚었다.

"아무리 그래도… 아니, 됐다. 우선 이곳을 빠져나간 다음 말하자꾸나."

"예."

현준은 겨우 고개를 끄덕였다.

*　　　*　　　*

지상에 올랐을 때 아버지는 아예 눈을 감아버렸다. 짙은 화약 냄새와 피 냄새. 곳곳에 널린 시체를 보면 누구라도 눈을 감을 수밖에 없을 것이다.

하지만 현준은 아무런 말도 하지 않기로 하였다.

여기서 입을 여는 것은 결국 변명뿐이 되지 않는다는 걸 알기 때문이다.

아버지가 쉽사리 받아들이지 못하리란 것도 이미 상정한 바다.

하지만 아버지가 국가의 보이지 않는 거대한 힘과 엮여 있다는 걸 안 이상 온화한 태도로 움직일 수는 없었다.

받아들이시지 못한다고 해서 현준이 멈추는 일은 없을 것이다.

현준은 메시아의 인도에 따라 주변의 인척이 없는 장소

로 향했다. 연구소에서 약 5킬로미터 정도 떨어진 장소에
반쯤 무너진 폐가가 있었는데 우선 그곳에서 저녁이 올 때
까지 기다리기로 하였다.

"네 모습이 말이 아니구나."

"내일 아침까지만 참아주세요. 씻을 곳이 마땅치가 않네
요."

현준이 의자 위에 걸터앉아 어색하게 웃었다.

"그러면 이야기를 나눌 시간은 있다는 소리구나."

아버지는 대화가 간절하다는 듯 현준을 빤히 바라보았
다.

이왕지사 여기까지 왔다. 적절히 밝힐 필요가 있었다.

"아버지, 어디서부터 말씀드려야 할까요?"

"처음부터… 다 해다오. 전부 듣고 싶구나."

그 마음은 이해가 되었다.

어차피 저녁이 되기까지 시간은 많았다.

못해도 수시간이면 전부는 아니더라도 개요 정도는 설명
할 수 있을 것이었다.

"유학 당시 제가 누명을 썼다는 건 알고 계실 겁니다."

"그래. 아무것도 할 수 없어서 내 가슴이 찢어지는 줄 알
았지."

아랑곳 않고 현준은 이어서 말했다.

"형량을 줄여주겠다는 조건으로 저는 우주 쓰레기 청소부 일을 했고, 그 마지막 날이었습니다. 유독 반짝이는 돌멩이 하나를 발견했죠. 궁금증에 우주선을 빠져나와 돌멩이를 만진 순간… 저는 이놈과 만났습니다."

화르륵!

현준의 주먹이 불타올랐다.

"개조를 한 것이냐?"

"아니요. 제 몸에 기계화된 부분은 일절 없습니다. 이 불꽃은 저의 순수한 능력입니다. 바로 그 돌멩이가 제게 이런 힘을 주었죠. 하여간… 돌멩이를 만지고 저는 대기권 아래로 추락했습니다. 거기서 제 은인인 누나탁을 만났어요."

누나탁!

이제는 아련한 기억이다.

현준은 입술을 한 차례 깨물며 길고 긴 이야기를 계속해서 늘어놓았다.

*　　　*　　　*

아버지의 표정이 시시각각 변해갔다. 누나탁과 북극에서의 생활을 들을 땐 자못 감탄하며 그들과 자연이 어울려 사는 모습에 부러움과 찬사를 보냈고, 그곳에서 돌아와 현상금 사냥꾼으로서의 길을 걷게 된 후의 이야기에는 씁쓸한 표정을 지었다.

그리고 메시아의 이야기를 해주자 아버지는 고개를 끄덕였다.

메시아와는 이미 사전 교류가 어느 정도 있었고, 믿기지 않을 수준의 인공지능이 탑재되어 있음을 확인한 바가 있다. 그것이 회색 코트가 말한 '메시아'와 비슷한 것인지는 확신하지 못했지만 메시아의 지적 수준과 인공지능을 보자면 얼추 맞는 것 같기도 하였다.

이어 아린과의 인연과 길드에서 생긴 일, 그리고 가상세계에서 겪은 아주 긴 시간에 대해 현준이 언급하자 아버지는 처음엔 믿을 수 없다는 표정을 짓다가 이내 몰입해 들었다.

그곳에서 겪은 일은 하나같이 평범한 일이 없었고, 마치 한 편의 대서사 판타지를 보는 것처럼 생동감이 넘친 탓이다.

"…지금도 조금 혼란스럽습니다. 오늘 그 일을 벌이면서도 사실 묘하게 현실감이 없음에 놀라고 말았죠. 아직도 그곳에 있다는 느낌이 들었거든요."

세기도 쉽지 않을 숫자를 몰살시킬 때 현준의 정신은 살짝 몽롱한 상태였다. 마치 가상세계에 그대로 있는 것 같은 느낌.

내심 '이곳이 현실이다'라는 주장을 펼치고는 있지만 아직도 현준의 안에서 진짜 현실과 가상세계에서의 현실이 툭탁이며 싸워대는 중이었다.

아버지는 침음을 흘렸다.

그럴 수밖에.

솔직히 믿기 쉽지 않을 것이다. 하지만 현준의 말에 한 치 거짓이 없음을 아버지는 알고 있었다.

"정말 많은 일을 겪었구나. 하지만… 이곳이 현실이고 네 눈앞에 있는 내가 너의 아비임은 분명하다는 걸 말해주고 싶구나. 그 혼란이 어찌 너의 탓이겠느냐. 따지고 보면 모든 원인은 아비에게 있는 것을."

아버지의 눈동자가 극하게 흔들렸다.

가상세계에서 시간의 비율을 설정하는 건 지금도 가능은 하다. 그러나 길어야 2 : 1 수준이다.

현준이 겪은 그런 정도의 비율을 설정하려면 앞으로 못해도 50년은 지나야 할 것이다.

물론 그 뒤에도 여러 가지 보안점이 필요하겠지만, 도저히 현대의 과학으로는 행할 수 없는 일이다.

그래도 믿었다.

지금 주변에서 일어나는 일들은 결코 평범하지 않았다.

그리고 이 평범하지 않음에 일조를 한 자신의 탓도 있다고 그는 생각했다.

"이 아비는 네가 알고 있듯이 조금 기술 좋은 자동 기계 기술자에 불과하다."

"다른 기술자가 들으면 욕을 한 다발로 하겠군요."

"정말인 걸 어찌하겠느냐? 그저 조금 더 관심 있게 그분야에 빠진 사람일 뿐이지. 그래도 그간의 세월이 무색하진 않았는지 성과가 조금 있긴 있었다. 인공 뇌의 기초를 만들수 있었으니까."

"인공 뇌요?"

아버지가 고개를 끄덕였다.

인공 뇌라……. 인공지능과는 조금은 다른 분야이다.

진짜 기계를 '인간' 으로 만드는 혁신적인 기술.

그러나 모든 과학자가 뇌는 결코 모방할 수 없는 신의 기적이라며 고개를 내저은 그런 기술이다.

그 기술의 실마리를 아버지가 잡았단 말인가?

현준은 귀를 활짝 열었다.

아버지가 이어서 말했다.

"물론 그 성과도 순전히 내 힘으로 이룬 것은 아니다. 우연히 얻은 서적이 있었다. 리베로 박사란 사람이 저자인 아무런 특색도 없는 검은색의 책이었지. 그 책에는 인공 뇌에 관한 단초가 적혀 있었고, 나는 사실 거기에 조금 살을 붙인 것에 불과해."

리베로 박사!

어쩐지 귀에 익다.

현준은 곧 메시아를 만든 사람이 '리베로 박사'임을 떠올렸다. 그의 이름을 여기서 또다시 듣게 될 줄이야.

"현대 과학으로 실현 불가능하리라 생각한 이론들. 창피한 일이지만 나는 그 책을 보고 아주 강한 '독점욕'을 느꼈단다. 모든 내용을 머릿속에 담은 뒤 태워 버린 거다. 당연히 외부에선 평범하지 않은 지식의 소유자인 나를 예의 주시했고… 내가 몰래 인공 뇌의 기초를 설계했다는 걸 누군가가 알게 되었지. 어느 날 나를 주시하던 이들 중 한 명이 내게 접촉해 왔다."

아버지의 표정은 진중하기 그지없었다.

하지만 그 속에선 불과 같은 분노가 느껴졌다.

지식에 무슨 죄가 있겠는가.

그것을 악용하려는 자들이 나쁜 것이다.

그런 이들로 인해 집안이 풍비박산 나고 억울한 죄명을 쓰게 되었다. 아버지로선 이가 갈리는 게 당연한 일이었다.

"그는 내게 아주 긴 이야기를 늘어놓았다. 짧게 요약하자면 전신개조자의 파츠가 될 인공 뇌의 연구를 부탁하는 내용이었지. 그러나 그것은 전신개조자라고 할 수가 없었다. 그들이 원하는 건 '무결점, 인간의 한계를 뛰어넘는 신체, 죽지 않는 기계병사' 였으니 말이다."

아버지가 몸을 부르르 떨었다.

자신의 기술로 수많은 사람이 죽을 게 뻔했고, 자신의 기술이 고작 그런 취급을 받는다는 데에 대한 짜증이 서려 있었다.

현준은 가만히 이야기를 듣고 있었다.

"나는 당연히 거절했다. 국익에 전혀 도움이 되지 않으리라 판단한 것이지. 그러자 그들은 내게 아주 악질적인 누명을 씌웠다. 부통령과는 그가 그 자리에 앉기 전에도 안면이 있었고, 손목시계 역시 몇 년 전에 선물한 것이다. 그것을 가져와 폭탄이라 우겨대니 어찌 우습지 않겠느냐. 하지만 사람들은 그런 내용에는 관심이 없었다. 주모자와 범죄 행위, 이 두 가지에만 초점을 맞췄어. 결국 나는 쫓겨나듯 F구역으로 갈 수밖에 없었다. 그들이 나를 죽이지 않은 건 내 머릿속에 든 지식이 여전히 필요하기 때문이었겠지."

부통령, 그 역시 문제가 많았다. 하여 접촉한 자들은 부통령이 말을 고분고분하게 듣게 만들고 그에게 누명을 씌울 일을 동시에 진행한 것이다.

현준은 고개를 주억였다.

아버지가 F구역에 떨어졌음에도 매사에 소극적이던 이유, 기술력 하나만으로도 충분히 먹고살 수 있는 이상의 돈을 벌어들였을 텐데도 그러지 않은 이유가 드디어 해명이 되었다.

"네 어미 역시 만약을 대비해 볼모로 잡은 것이다. 내가 다른 생각을 품지 못하도록 네 어미에게 고의적으로 접근한 거야. 믿음하늘교회, 그 선의 탈을 쓴 악인들이 고의적으로 접근하여 나락으로 끌고 갔지."

"걱정 마십시오. 이제 그런 일은 없을 겁니다."

현준이 힘을 담아 말했다.

믿음하늘교회는 사라졌다. 현준 자신의 손에 의해서.

아버지가 놀란 듯 눈을 크게 떴다.

"그것도 네가 손을 쓴 게냐?"

"예. 아주 극악한 놈들이었습니다. 사람들을 납치해서 피를 짜내고, 신장을 떼어내고, 믿음이란 이름으로 사람들을 조종했습니다. 어머니도 그 피해자 중 한 명이고, 경주에게마저 손을 쓰려 하기에……."

"뭐라고? 경주에게까지 손을 대려 했단 말이냐? 이 저주받을 썩을 종자들 같으니! 그 어린것에게마저 손을 대려 하다니 인륜을 벗어난 악독한 놈들!"

아버지가 씩씩대며 평소 하지 않던 욕설을 입에 담았다.

그만큼 분개했다는 뜻이다.

경주는 막내로 모두의 사랑을 듬뿍 받아야 할 존재였다.

싹싹한데다 붙임성도 좋고 의외로 생각이 깊은 아이라는 걸 가족 모두가 알고 있다. 아버지 또한 경주만큼은 각별히 여기고 있었다.

잠시 후 열기를 가라앉힌 아버지가 입을 열었다.

"무슨 일이 있었는지 말해다오. 꼭 들어야겠다."

현준은 고민했다.

모두 말해야 하는 걸까?

어머니에 의해 경주가 그곳에 끌려갔노라고.

그것을 말한다면 아버지는 반드시 강하게 분개할 터였다. 어머니에게 실망하며 극단적인 선택을 내려도 이상하지 않았다.

'어찌해야 하지?'

말 한마디가 불화를 불러올 수도 있었다. 선의의 거짓말이라는 것도 있지 않은가.

경주도 굳이 말하려 들지는 않을 것이다.

그러나 숨기는 게 마냥 좋은 일일까? 하늘믿음교회는 사라졌고, 어머니에 대한 문제는 가족 모두가 고민해야 할 사안이다.

두 가지 선택 모두 일장일단이 있었다.

현준은 눈을 감고 한참을 고민하다가 말했다.

"어머니께서 그곳에 감화되었다는 걸 저는 경주를 통해서 알았습니다. 어머니를 따라 그곳에 들어갔다가 봉변을 당할 뻔했다고요. 진짜로 당한 것은 아니며 그전에 경주 스스로 몸을 빼낼 수 있었습니다. 맹목적으로 그곳을 믿은 어머니의 잘못이라고 할 수도 있으나, 그만큼 교회의 세뇌가 강했다는 뜻일 겁니다. 그리고 그 이야기를 듣고 제가 지상에서 믿음하늘교회를 밀어버렸으니……. 아버지, 지금은 가족 모두가 힘을 합쳐야 할 때라고 봅니다."

"그게 무슨… 결국 가족에게까지 손을 뻗쳤다는 말 아니더냐? 그래도 정신력이 강한 사람이라 믿는 부분도 없지 않았다. 헌데 경주에게까지……."

"아버지."

"그래, 이 역시 네 어미가 그곳에 빠진 걸 막지 못한 내 잘못이다. 막 F구역으로 왔을 때 제법 상심이 컸지. 가족을 돌볼 생각을 하지 못했어. 그게 이런 결과로……."

"자책하지 마십시오. 아직 끝난 건 아니지 않습니까? 모든 것을 되돌릴 기회가 남아 있습니다."

"현준아, 네가 나보다 낫구나."

현준은 쓸쓸히 웃었다.

가상세계에서 보낸 시간을 합치면 얼추 아버지와 비슷한

나이였다.

그럼에도 아직 사람을 대하는 데 어려움을 느끼건만 한 가족의 가장인 아버지는 오죽할까? 고민도 많고 실수 또한 많이 했겠지만 어깨 위의 부담감은 현준과 차원이 다를 것이다.

"그래도 그 저주받을 교회를 지운 건 잘했다. 놈들은 천벌을 받아 마땅하다. 내가 그곳에서 본 착취의 현장은 정말 끔찍했단다."

"예. 도저히 용서할 수가 없었습니다."

"그런데 그런 짓을 해도 괜찮을 것이냐?"

"아버지, 제가 도깨비 탈이란 걸 이제 아시지 않습니까?"

현준은 반쯤 박살 난 도깨비 탈을 품에서 꺼냈다.

격렬한 싸움 도중 반파되어 버렸지만, 아버지는 지하에서 현준이 이 탈을 쓰고 있던 걸 목격한 바가 있다.

현준의 이야기 도중에도 그런 내용이 포함되어 있었다.

하나 아버지의 굳은 표정은 풀리지 않았다.

"그들은 여전히 나를 노리고 있다. 내가 그곳을 빠져나왔다는 걸 그들이 알면 우리 가족이 위험해져. 현준아, 네가 강한 힘을 얻었대도 국가를 상대로는 힘들 것이다. 나 역시 그런 걸 바라지도 않는다. 여기선 그냥 내가 접어주고 들어가는 편이……."

"그들이 아버지에게 정보를 빼낸다고 우리 가족을 가만히 놔두겠습니까? 분명히 더한 족쇄를 채우려 들 겁니다."

"죽는 것보단 낫지 않겠느냐."

현준은 고개를 저었다.

"아버지가 생각하시는 것보다 저는 강합니다. 전신개조자도 제게는 상대가 되지 않을 정도입니다. 그리고 무엇보다 저희에겐 아직 메시아가 있습니다. 충분히 가족이 숨어 있을 장소 정도는 구할 수 있을 겁니다."

정보 조작에 능한 메시아가 도움을 준다면 가족 네 명이 모습을 숨기는 것쯤은 크게 어렵지 않을 것이다.

처음에는 돈을 벌어 높은 구역으로 이사 가는 것만 생각했지만, 상황이 여의치 않다.

게다가 오랜만에 찾아와 본 A구역은 정말 사람 냄새가 나지 않는 곳이었다. 차라리 진짜 사람 냄새 나는 곳에서 부대끼며 사는 게 더욱 삶의 질이 높으리라 판단했다.

"어디로? 아무리 숨어도 한계가 있다. 국내에 있으면 길어야 몇 달, 국외로 도망가도 머지않아 잡힐 게 확실하다. 가족 전체가 얼굴을 바꾸어 살지 않는 이상에는 말이다."

그런 식으로 도망가는 건 현준의 성미에 맞지 않았다.

하지만 당장 가족에겐 휴식이 필요했다.

도망자 신세여선 항상 어깨가 무거울 수밖에 없었다.

'일을 벌이기 전에 잠깐 쉬는 시간을 갖자.'

폭풍전야라고도 하지 않던가?

게다가 일을 벌이기 전에 가족의 화합부터 가져야 할 것 같았다. 지금과 같은 상태에서 시작했다간 결국 그사이 무슨 일이 터져도 이상하지 않았다.

"아버지, 오랜만에 가족 모두 여행이나 가볼까요? 제가 아주 기가 막힌 장소를 알거든요."

현준은 북극을 떠올렸다.

제3장

끝까지 지켜보마

현준은 아버지와 함께 오두막을 나섰다.

앞으로 할 일을 얘기했지만 정작 그것은 이곳을 빠져나가야 가능했다.

이하 구역 사람들에겐 꿈과 희망이라 불리던 A구역.

하지만 지금 현준에게 있어선 거대한 울타리요, 감옥일 뿐이다. 간만에 들렀다는 향수 따위는 사라진 지 오래이다.

오히려 바깥과 이곳의 차이를 실감하며 당장 이곳을 빠져나가야겠다는 생각만 가득했다.

현준은 자신의 상태를 점검했다.

'나 혼자라면 충분히 빠져나가겠지만……'

아버지의 체력이 거의 다했다는 게 걸렸다.

현준 혼자였다면 여유롭지는 않더라도 어떻게든 빠져나 갔을 것이다. 지금 현준의 상태도 그다지 좋다고는 할 수 없기 때문이다.

게다가 아버지의 표정이 좋지 못했다.

이해한다.

자식의 갑작스러운 변화를 쉽게 받아들일 수 있는 부모 는 거의 없다. 그저 무덤덤하게 받아들인 척할 뿐이다.

그것을 현준이라고 모를 리 없었다.

"아버지, 무리하지 마세요."

"괜찮다. 가자. 이곳에 있다간 잡히겠다. 나도 북극에서 오로라를 보고 싶구나."

말이라도 이렇게 해줘서 감사하다.

현준은 슬며시 미소를 지은 뒤 주변을 살폈다.

—…수색 범위가 좁혀지고 있도다. 슬슬 움직이는 것이 어떠하겠는가.

메시아의 통신.

고개를 주억였다.

지난 이야기는 끝났다. 여기서 언제까지고 가만히 있을 수는 없었다.

적은 많았고, 그들의 기술 또한 뛰어났다.

제아무리 메시아가 있더라도 그들 모두에게 걸리지 않기를 바라는 건 사치였다.

"아버지, 업히세요."

"혼자서 갈 수 있다."

"압니다. 하지만 업히셔야 합니다. 지금 상황이 좋지 않아요."

"…그러자꾸나."

아버지는 현명했다. 이런 상황에서 고집을 부려봐야 소용없다는 걸 단번에 파악한 것이다. 현준이 등을 내밀자 아버지가 업혔다.

가볍다.

생각 이상으로 가벼워서 놀랐다.

"…살 좀 찌셔야겠습니다."

아버지가 푹 한숨을 내쉬었다.

"먹어도 안 찌는 걸 어쩌겠느냐. 살이 찌면 인덕이 있어 보일 텐데 그러지 않아서 나도 고민이다."

"하긴, 그게 우리 집안 내력이죠. 지금 아버지도 인덕 넘쳐 보이서요. 억지로 찌려다가 병납니다."

"찌라는 건지 말라는 건지 모르겠구나."

"그냥 현상 유지가 최고라는 말이지요."

경주도 현준도 부모님 모두 살이 찐 사람이 없다. 집안 자체의 내력이라고 한다. 축복이라 여길 사람도 있을 테지만, 아버지나 어머니는 오히려 살이 안찌는 걸 싫어하는 기색이었다.

심지어 나이가 들면 살이 좀 붙어야 인덕이 있어 보인다고 억지로 찌우려다가 실패한 걸 몇 번이나 본 적이 있다.

"메시아, 최대한 안전한 길을 안내해 줘."

―알겠도다.

메시아는 여전히 든든했다.

빠져나가는 길은 크게 두 갈래였다.

짧지만 마지막 방벽에 주둔하는 군인의 숫자가 많은 길.

조금 돌아가지만 주둔하는 병사가 무척이나 적은 길.

둘 다 장단점이 있었다.

첫 번째로 짧은 길은 위험성이 크다는 것. 하지만 시간을 줄임으로써 후의 위험을 없앨 수 있다.

두 번째로 조금 돌아가는 길은 돌아가다가 한 번이라도 걸리면 지칠 정도의 추격을 받을 것이다. 쉽사리 자신과 아버지를 놓아줄 리 없었다.

'그래도… 돌아가야겠지.'

만에 하나의 경우 수라도 줄이고 싶었다.

아버지만큼은 안전하게 빠져나갈 수 있도록 하고픈 게 현준이다. 그러기 위해선 오래 걸리더라도 안전한 길을 택할 필요가 있었다. 그사이 최대한 몸을 움츠린 채 적들에게 걸리지 않는 게 관건이다.

문제는 중간중간 작은 도시가 있다는 것.

도시 외곽으로 돌아가면 오히려 눈에 띌 가능성이 있다. 물론 지금의 상태라면 어디를 가도 눈에 띄겠지만 말이다.

마른 피가 곳곳에 묻어 있고 옷의 상태는 말이 아니다. 그것은 아버지도 대동소이했다.

아버지를 잠시 내려놓은 현준이 말했다.

"잠시 기다리세요. 갈아입을 옷을 가지고 올게요."

"훔치겠다는 것이냐?"

"훔치다니요. 빌리는 겁니다. 나중에 꼭 갚을 거예요."

갚을 기회가 있거든 반드시 갚을 생각이다. 물론 그런 상황이 오지 않으리라는 것은 처음부터 알고 있다.

아버지가 머리를 내저었다.

알아서 하라는 뜻이다.

"10분만 기다리세요."

현준은 즉시 몸을 돌리고 도시의 외곽을 향해 달려나갔다.

촘촘히 그물처럼 엮여 있는 주택 단지가 들에 들어왔고,

현준은 그중 사람이 없는 곳을 찾았다. 이왕이면 감시가 느슨한 곳으로 말이다.

'저곳이 좋겠군.'

타깃을 정한 현준은 거침없이 담을 넘었다. 개가 있지도 않고 기계적인 장치도 없는 곳이 있었다.

'메시아가 개입한 흔적은 최소화하는 게 맞지.'

설령 기계적인 장치로 침입자를 구별한데도 메시아의 힘을 빌리면 격파하는 게 가능하다. 그러나 그럴 경우 흔적이 남을 수도 있었다. 그것이 빌미가 되어 꼬리가 잡힌다면 그야말로 최악이다.

'어디 보자……'

넓은 정원.

풀 냄새가 나는 바닥을 지나 저택 주변을 한 바퀴 돌았다. 이후 2층을 통해 잠입이 가능하다 여기고 벽을 타고 올라갔다.

'빙고.'

창문이 열려 있다. 아예 기계식으로 저택의 전체를 관리하는 사람이 있는 반면, 이처럼 아날로그적 방식을 고수하는 사람도 없진 않았다. 그 수가 무척 적긴 했지만 분명히 있었다.

덕분에 현준은 2층 창문을 통해 저택 안으로 잠입하는 데 성공했다.

재빨리 큰 방의 옷장에서 옷 몇 벌을 꺼낸 현준은 잠시 턱을 쓸었다.

'좀 씻어야겠는데.'

피가 너무 많이 묻어 있었다. 옷만 갈아입는다고 해결될 것 같지 않았다. 차라리 씻은 다음 도시의 중심부를 가르고 지나가는 게 나을 것 같았다.

현준은 화장실을 찾았다.

'이런 집이 그래도 남아 있긴 하구나.'

저택 안, 기계 장비가 굉장히 적었다.

식탁 옆에 꽂혀 있는 식칼 등의 요리 도구, 취향이 잔뜩 방영된 식자재, 심지어 빨랫대와 빨랫줄마저 있었다.

D, F구역에서나 볼 수 있는 물건이다.

모든 것을 스스로 해결한다는 방증이다.

A구역에 이런 사람이 남아 있을 줄이야. 그러다가 거실에 걸린 나이든 남녀의 사진을 보곤 짧게 고개를 숙였다.

'미안합니다. 그리고 고맙습니다. 나중에 기회가 생기거든 꼭 갚겠습니다.'

순간 다른 곳을 찾을까 고민했지만 시간이 없었다.

최대한 빠르게 해결하고 나가는 게 그나마 현준이 할 수 있는 최선일 듯했다.

　　　　*　　　　*　　　　*

　전신에 묻은 피를 닦아내고 흔적을 지운 현준은 저택을
나섰다. 아버지는 멍한 표정으로 하늘을 올려다보고 있었
다.

　"뭐하십니까?"

　"왔구나."

　"여기 받으세요."

　옷을 건네자 아버지는 잠시 복잡한 눈빛을 해보이더니
곧 받아 들었다.

　"옷이 좀 헐렁하구나."

　"집주인이 좀 넉넉하신 분들이더군요."

　"나도 이렇게 늙었어야 하는데……."

　"그게 그렇게 부러우세요?"

　피식 웃고 만다. 아버지 딴에는 분위기를 가볍게 만들어
보려고 던진 농담이었다.

　이후 옷을 갈아입은 아버지가 돌연 물어왔다.

　"현준아, 너는 가족의 안정과 많은 이들의 인명 중 무엇
이 더 중요하다고 보느냐?"

　"당연히 가족이죠."

고민할 것도 없이 대답했다. 현준에겐 누구보다도 가족이 중요했다. 경주와 아버지, 어머니를 지키기 위해서라면 지금까지 해온 일보다 더한 일도 할 수 있었다.

"가족이라……."

"이상한 생각 마세요. 우리 가족은 제가 지킵니다. 옛날의 코흘리개 꼬맹이가 아니에요."

무슨 생각을 하고 있는지 대충 감이 잡혔다.

기술을 넘기고 가족을 지킬 심산인 것이다.

정말 말도 안 되는 일이다. 현준이 힘이 없다면 모를까, 힘이 있는데 그런 악수를 놓아서는 안 된다.

아버지의 심정을 모르는 것은 아니지만, 기술을 넘긴다고 하더라도 가족을 무사히 풀어줄지도 미지수다. 또한 완벽한 전신개조자가 완성되면 언제고 가족은 위험에 처하게되어 있었다.

아버지가 고개를 끄덕였다. 복잡한 표정은 여전했지만 조금은 나아진 기색이다.

"그래, 너를 보고 많은 것을 느낀다."

"이제 저만 믿으십시오."

"그건 조금 더 지켜봐야겠다. 그리고… 최대한 살생은 말아다오."

"악인은 벌을 받아야 합니다. 그게 아니라면 저도 손을

쓸 이유가 없습니다. 제가 피에 젖은 미치광이도 아니고
요."

현준은 기탄없이 말했다.

이미 모든 이야기를 터놓아서 더욱 가감이 없었다.

"악인은 많다. 주변의 모든 이가 악인으로 돌변할 수도
있어."

"보통의 사람을 악인으로 만드는 건 결국 악인입니다. 지
금 현존하는 악인들을 없앤다면 본래의 선한 사람들만 남
을 겁니다."

"끝내 손에 피를 묻히겠단 말이구나."

"더 숨기는 건 죄라고 보았습니다. 적어도 아버지를 납치
한 놈들, 어머니를 그딴 곳에 밀어 넣은 개자식들은 제가
용서하지 못합니다."

"후……."

"아버지, 제가 불효자식이라는 거, 잘 압니다. 쉽게 이해
할 수도 없으시겠지요. 하지만 지금 세상엔 악인이 너무나
도 많습니다. 누군가가 나서지 않는다면 끝장나고 말 정도
로 말입니다."

"그게 너일 필요는 없지 않느냐?"

"아니요, 저밖에 없습니다. 제가 아니면 누구도 할 수 없
습니다."

이미 세상은 병들었다.

뛰어난 초인이 나타나 그들을 벌하지 않는 한 백 년이고, 천 년이고 곪다가 결국 터져 나갈 것이다.

그리고 현준은 초인이었다.

인간의 한계를 벗어나 가상현실 속에서 거의 완성되었다.

현준이 아니면 누구도 할 수 없다.

초인인 현준만이 지금의 병폐를 잠식시킬 수 있었다.

그 길이 쉽지 않고 손에 수없이 많은 피를 묻히는 일일지라도 말이다.

아버지가 이마를 짚었다.

"…이미 결심한 모양이구나."

"예."

"너를 응원하지 못하는 나를 용서해 다오. 하지만… 피하지 않고 끝까지 지켜보마. 그리고 현준아, 그 끝에 뭐가 있던 이 애비는 너와 함께할 것이다."

"아버지……."

괜히 눈시울이 붉어졌다.

비록 같은 인간으로서 사람을 죽이는 일에 동조할 순 없지만, 그 책임만큼은 함께 져 주겠다는 것이다.

어찌 눈물이 나지 않을 수 있겠는가.

그리고 동시에 미안하기도 하였다.

"걱정 마세요. 아버지께서 걱정하는 그런 일은 일어나지 않도록 하겠습니다."

"아니다. 이왕 시작할 셈이라면 끝장을 보거라."

"그럼 응원을 해주세요."

"그건 못하겠구나."

피식!

가볍게 말장난을 주고받은 뒤 현준이 말했다.

"이제 슬슬 가야 합니다. 군중 사이에 섞여서 이동하면 쉽사리 눈치채진 못할 겁니다."

*　　　*　　　*

메시아의 도움을 받아 현준은 A구역을 빠져나가는 데 성공했다. B구역부턴 감시의 끈이 다소 느긋해졌으며 그 틈을 놓칠 현준이 아니었다.

문제는 어머니와 경주.

둘의 안전이다.

그리고 메시아로부터 희망적인 메시지가 전달되었다.

─걱정하지 않아도 되도다. 이미 대피시켜 놓았도다.

"그럼 어디로 가야 하지? 집으로 가는 건 안 돼."

아버지를 구출한 시점에서 이미 집 근처에는 감시가 쫙 깔려 있을 게 자명했다. 그 눈을 피해서 해외로 움직이려거든 결국 외부의 도움이 필요했다.

─나는 지금부터 내 위성을 은폐하는 데 총력을 기울어야 하도다. 인천으로 향하거든, 그때 다시 알려주겠도다.

"알았어. 고맙다, 메시아."

─당연한 일이도다

이후 메시아는 침묵했다. 위성의 은폐 작업에 들어간 것 것이다. 당시에는 돈을 아까워했지만, 지금 생각해 보면 신의 한 수가 아닐 수 없었다.

"인적이 없는 곳을 중점으로 돌아다닐 겁니다. 힘들어도 조금만 참으세요."

"나는 걱정하지 말거라."

등에 업힌 아버지가 고개를 저었다. 강행군이었음에도 아버지는 우는소리 한 번을 안 했다. 그저 묵묵히 따라줘서 다행이었다.

인천까지 가려면 몇 개의 관문을 더 넘어야 한다.

민간인의 모습으로는 어렵지 않은 일이지만, 쫓기는 신세에 정상적으로 관문을 통과할 순 없었다.

하여 인기척이 없고 감시가 적은 길을 택하는 건 당연한 수순이다. 어쩌면 A, B구역을 빠져나올 때보다 더욱 힘들

일이 될 수도 있었다.

"그럼 갑니다. 꽉 붙드세요."

"오냐."

처음에는 어색했지만 이제는 적응했는지 아무런 거리낌이 없었다. 현준은 숨을 크게 들이시며 다시 한 번 달려나갔다.

지구 한 바퀴 정도는 쉬지 않고도 달리는 게 가능할 것 같았다. 물론 실제로 하라면 할 엄두를 내지 못하겠지만, 그 정도로 쌩쌩하다는 뜻이다.

*　　　*　　　*

이틀 후, 인천에 다다르자 메시아가 깨어났다.

─길을 표시해 주겠도다.

내비게이션처럼 표시된 길을 따라서 또 달렸다.

체력적으로 한계였지만 서두르라는 메시아의 질책에 현준은 한숨을 내쉬었다.

이윽고 반나절이 더 흘러 목적지에 도착할 수 있었다.

그리고 그곳에서 의외의 인물을 만나게 되었다.

"…아린?"

"기다리고 있었어."

살짝 경계했다.

느닷없이 여기에 아린이 왜 있단 말인가.

지금쯤 한창 훈련이다 뭐다 해서 바빠야 할 시기가 아닌가.

가상세계에 다녀온 직후 우연히 한 번 만나기는 했지만, 가족이 걸린 일이니만큼 모든 걸 허투루 넘길 수가 없었다.

한데 그 의문은 메시아가 해결해 주었다.

―그녀가 도왔도다.

"무엇을?"

―사용자의 가족을 미리 빼돌리는 데 큰 역할을 해주었도다. 그녀 또한 지금 수배범으로 이름이 올라 있도다.

"뭐?"

얼이 빠진 표정으로 아린을 바라봤다.

아린은 여전히 변함없는 얼굴이다.

수배범이 되었대도 전혀 개의치 않는 듯싶다.

"왜 그랬어?"

"……?"

"수배범이 되었다면서? 그러면서까지 우리 가족을……."

"괜찮아."

그때, 아린의 입꼬리가 살짝 올라갔다.

웃는 모습인가 하면 너무나도 차갑지만 저게 최대한의

표현임을 현준은 알고 있다.

"엄마가 한국 사람이긴 하지만, 지금의 한국은 나도 싫어. 미련 없어."

요컨대 한국에서 수배범으로 몰려도 정말 상관이 없다는 뜻이다.

하기야 그녀의 아버지는 용병왕이다.

세계를 돌아다니며 전쟁을 하는 진짜다.

한 나라에서 수배되는 것쯤은 예삿일일 것이다.

"…고맙다."

"응."

"참, 엄마랑 경주는?"

"데려올게."

이곳은 산속이다. 나무들이 즐비한, 얼마 안 남은 장소 중 한 곳이다.

바로 아래에 바다가 있고, 이곳을 통해서 해외로 빠져나갈 수 있었다.

잠시 후 어머니와 경주가 모습을 드러냈다.

특히 경주의 경우엔 나를 보자마자 눈물을 왈칵 쏟아냈다.

"오빠!"

툭!

경주가 내 가슴팍을 때렸다.

그것을 달래고자 조심스럽게 보듬어준 뒤 등을 토닥였다.

어머니와 아버지는 아무 말 없이 서로 바라보고만 있다.

"그리 힘들었소?"

"미안해요……."

"아니오. 내가 더 미안하오. 원래는 이렇게 살 사람이 아니었는데, 다 내가 부족해서 일이 이 모양이 된 것이오."

"당신 탓이 아니에요. 스스로를 탓하지 마세요."

"부디 나를 용서해 주시겠소?"

아버지가 무릎을 꿇었다. 그러자 어머니는 어쩔 줄 몰라 하며 발을 동동 굴렀다.

"이, 이러지 마세요."

"여보……."

"용서해 줄게요. 그러니… 저도 용서해 주시겠어요?"

부부가 서로 무릎을 꿇었다. 그 상태에서 아버지가 어머니의 손을 맞잡았다.

"실수는 누구나 할 수 있소. 우리 이제 미래를 봅시다. 비록 아직도 힘든 일이 많이 남아 있지만 서로 의지하다 보면 지옥 불인들 이겨내지 못하겠소?"

"고마워요, 정말……."

이 정도로 그간의 응어리가 전부 풀리기야 하겠느냐마는 그래도 충분하다. 부족한 점은 서로 보완해 주면 그만이다. 아버지와 어머니가 서로를 꽉 껴안았다.

"감동적이야."

"눈물이라도 좀 흘리고 말해라."

아린이 들리지 않을 정도로 작게 박수를 치며 말하자 내가 태클을 걸었다.

표정 하나 바뀌지 않고 말하는 게 한편으로는 정말 아린 다웠다.

"근처에 미리 준비해 둔 은신처가 있어. 오늘은 거기서 쉬어."

"너는?"

"앞에서 망을 보고 있어야 해. 잠수함을 보낸다고 했는데 언제 올지는 잘 몰라."

요트를 보내줄 사람이 누구인지 물으려다가 말았다.

아린의 표정에 미묘하지만 짜증이 섞여 있는 걸로 보아 그 대상이 용병왕임을 깨달았기 때문이다.

용병왕.

그가 돕는다면 국내를 빠져나가는 것쯤은 간단할 것이다.

"…잠수함?"

그러다가 불현듯 깨달았다.

요트쯤 보내줄 줄 알았더니 잠수함이란다.

"문제 있어?"

"아니⋯⋯."

고개를 저었다.

스케일이 다르다고나 할까?

"커흠!"

현준이 헛기침을 하며 말했다.

"망은 내가 볼게. 너는 좀 쉬어."

"안 돼. 다른 사람이 오면 쏠 거야."

"쏴도 안 죽어. 제압한 다음 너를 부르면 되지."

어깨를 당당하게 펴고 자신감을 뽐냈다.

여기까지 오면서 산전수전 다 겪은 현준이다. 까짓 몇 명 더 제압하는 것쯤은 일도 아니었다.

"안 돼. 아빠가 온 댔어."

"용병왕?"

"그렇게도 불리는 것 같아."

탁!

이마를 짚었다.

설마하니 그가 마중을 나올 줄이야.

새삼 아린이 다시 보이는 순간이다.

"그럼 같이 망볼까?"

"안 쉬어도 돼?"

"쉴 만큼 쉬었어."

어머니와 동생을 봤으니 됐다.

살짝 지치는 것도 사실이지만 며칠쯤은 괜찮을 것 같았다. 스스로가 생각기에도 점점 인간의 영역을 벗어나고 있는 건 아닌가 싶었지만, 적이 적인 만큼 이걸로도 부족했다.

혼자서 절대 다수를 깨부수려면 더 강해질 필요가 있었다.

"그래."

아린은 내 의견을 존중했다.

아버지와 어머니, 경주가 은신처로 이동한 뒤 앞장서서 걸었다.

현준은 그 뒤를 졸졸 따랐다.

"메시아가 도움을 요청한 거야?"

"응."

"허, 나한테도 말 좀 해줄 것이지. 하여간 음흉한 놈이라니까."

현준은 메시아 욕을 대놓고 하며 혀를 찼다.

이윽고 둘은 바다가 훤히 내려다보이는 절벽 위에 자리

를 잡았다.

서서히 해가 저물어가는 와중, 주홍빛 하늘이 퍽 아름다웠다.

"아빠가 오면 조금 시끄러워."

절벽에 다리를 얹고 앉자마자 아린이 입을 열었다.

피식 웃으며 말했다.

"시끄러운 거 좋아해."

"나는 시끄러운 거 싫어해."

"그건… 좀 아쉽네."

현준은 풀 위에 몸을 눕혔다. 쉬지 않고 달려온 강행군. 누운 즉시 몸이 녹아버릴 것만 같았다. 이대로 눈을 감으면 3초 내에 잠드는 것도 가능할 것 같았다.

그 순간 아린이 이맛살을 구겼다.

"피 냄새……."

"아, 여기 오기 전에 급히 씻기는 했는데……."

"지금이 아니라 미래."

"미래?"

"갑자기 냄새가 바뀌었어. 앞으로 엄청나게 많은 이들을 죽일 거야."

"……."

아린에게 저런 능력이 있을 줄은 꿈에도 몰랐다.

현재가 아니라 미래의 피 냄새를 맡을 수 있다는 양 아린이 자연스럽게 말해온 것이다.

그리고 그 말이 틀린 것이 아니라는 데 소름이 돋았다.

지금까지 죽인 것과는 단위 자체가 다를지도 모른다. 앞으로 벌일 일을 생각하면 손에 피를 샐 수 없이 묻혀도 가능할까 말까이다.

그 피 냄새를 맡았다면 천하의 아린이라도 인상을 찌푸릴 만했다.

"그렇단 말이지."

"괜찮아?"

"나? 아, 괜찮아. 익숙해."

물론 가상현실 속에서의 이야기지만 이제는 아예 무덤덤해진 현준이다.

생명이 생명처럼 느껴지지 않는 것도 같았다. 익숙해져서 그 모습이 두려운 시간도 있었지만 지금은 그런 감정조차 들지 않았다.

마치 살인기계가 되어버린 감각. 그래도 아직 다른 중요한 것들이 마모되진 않았다. 주로 가족과 관계된 것을 생각할 때, 현준은 온갖 감정을 느끼고는 했다.

덥석!

자리에서 일어난 아린이 현준의 머리 쪽으로 가더니 그

대로 머리를 감싸 안았다.

"어?"

"조금 쉬어."

"정말 괜찮은데."

"엄마가 그랬어. 아린아, 너는 온정을 버려선 안 된다. 매일 웃어라."

아린이 이야기를 시작했다. 현준은 가만히 눈을 감고 그 이야기를 들었다.

"아빠는 심했어. 처음 사람을 죽였을 땐 정신이 나갔어."

용병왕이다. 용병으로 아린을 키울 생각이었을 테니 그 훈련의 강도가 상상도 안 갔다.

"그 뒤로 많이 죽였어. 웃는 법도 잃고 울 줄도 모르게 됐어. 엄마의 말을 지킬 수가 없었어."

아린의 표정이 급격하게 바뀌는 건 한 번도 본 적이 없다. 울거나 웃는 것도 마찬가지다. 웃어봤자 입꼬리를 조금 올리는 게 전부였다.

"현준은 그러지 않기를 바라. 아직… 웃고 울 수는 있다고 생각해."

"난……."

울컥!

전혀 슬프지 않은데 눈물이 한 줄기 떨어져 내렸다.

한데도 현준의 입가만큼은 미소를 짓고 있었다.

"바보야, 남자는 태어나서 세 번만 우는 거야. 그러니까 대신 웃어줄게."

"우는 것도 웃는 것도 아니야."

"웃고 있거든?"

"아닌데……."

"맞아."

티격태격하며 얼마 안 있어 정적이 찾아왔다.

현준은 아예 편히 눕고 눈을 감았다. 그리고 스르르 잠에 빠졌다.

며칠만의 잠인지 알 수가 없었지만, 그래도 잠든 현준의 표정은 썩 편해보였다.

*   *   *

다음날 아침.

잠수함 한 대가 올라왔다.

물밑에 자리를 잡고 잠수함의 문이 열리며 거대한 남자 세 명이 모습을 드러냈다.

그들 앞으로 아린이 나가자 그중 가운데 선 수염이 가득한 남자가 손을 활짝 폈다.

그가 용병왕인가보다.

"아린, 내 예쁜 딸아!"

쉬잉—!

하지만 용병왕이 다가오기도 전에 아린이 검을 들어 그의 목덜미에 가져다 대었다.

"나를 팔았어."

"내가 예쁜 딸을 왜 판단 말이냐?"

"시간만 날렸어."

아아, 오로라 길드에서의 일을 말하는 모양이다.

하긴, 아린은 1년 이상 잠복하며 길드마스터의 뒷덜미를 잡으려고 했다. 그런데 그 계략 전부가 용병왕의 계산하에 있었다. 아린으로선 화가 날 수밖에.

"허허, 딸이 반항기가 심하구나. 그럼 어디 그동안 얼마나 성장했나 볼까?"

촤륵!

양손에서 무수한 가시가 솟았다.

뚝뚝 떨어지는 무언가. 땅에 닿자마자 연기를 흩뿌린다.

독이다.

제4장

파스칼

스으윽.

땅이 녹는다. 연기를 피워내고 주변에 역한 냄새를 풍겼다.

보기만 해도 절로 몸이 사그라지는 맹독.

그러나 아린은 이미 익숙한 듯 당황하지 않고 거리를 벌렸다. 즉시 대립하며 전투 자세를 취했다.

"하하! 농담이다, 농담이야. 애비가 어떻게 예쁜 딸을 때리겠니?"

용병왕이 양팔을 벌렸다. 싸울 의지가 없다는 태도를 취했지만 아린의 자세는 변함이 없었다.

"그러고 있던가."

아린은 진심으로 화가 난 모습이다. 여전히 무표정하기 이를 데 없지만 두 눈에선 불길이 나올 것만 같았다.

파훅!

아린의 검이 옆구리를 치고 들어갔다. 어느새 쌍검술을 익힌 듯 단도와 같이 짧은 검 하나를 함께 사용하고 있었다. 오른손에 든 긴 광선검으로 정확히 용병왕의 어깻죽지를 노렸다.

"하하하! 놀라보게 빨라졌구나! 하지만 빠르기만 해선 나를 죽일 수 없다!"

"알아."

이를 악다문 아린이 빠르게 몸을 회전시키며 빈틈을 노렸다.

챙! 채엥! 촤아아!

용병왕의 양손에서 솟아난 가시는 단단했다. 아린의 검을 받아냈는데 흠집조차 가지 않았다. 그로 보아 특수한 재질로 만들어진 것 같았다.

언뜻 보면 용병왕이 밀리는 모양새다. 아린은 쉬지 않고 몰아붙이는 중이다.

그럼에도 용병왕의 입가에는 작은 미소가 지어져 있었

다. 반면 아린은 다급해진 듯 더욱 공세의 속도를 높였다.

"세상에……."

상황을 지켜보던 경주의 입이 점차 커졌다. 경주뿐만이 아니라 어머니도, 아버지도 아린이 싸우는 모습에 넋을 잃었다.

용병인 건 알았지만 설마 저 정도로 잘 싸울 줄은 몰랐던 것이다.

평범한 인간의 한계를 뛰어넘는 속도. 눈으로 쫓기에도 버거운 수준이다.

그러한 장면이 10분이 넘도록 이어졌다. 싸움은 쉽사리 끝날 기미가 보이지 않았다.

"오빠, 누, 누가 이기고 있는 거야? 아니, 그전에 갑자기 왜 싸우는 거지?"

"애정 표현 같은 거지. 싸움 자체는 아린이 매우 불리해."

아린의 이마에는 땀이 송골송골 맺혔고, 반대로 용병왕은 의연하기 그지없었다. 땀은커녕 입가의 미소마저 그대로다. 어린아이의 재롱을 보는 어른과 같다.

냉철하게 분석해 봐도 아린이 승리하긴 어려울 듯싶었다. 그만큼 용병왕의 수준이 높았다. 최소한의 움직임으로 최대의 효율을 내고 있으니 그 움직임에 현준도 감탄을 내

뺄을 수밖에 없었다.

가상세계에서도 저만한 실력을 가진 자는 드물었다.

"여기서 끝이냐? 이 아빠는 조금 실망이구나."

"닥쳐!"

끝내 아린의 입에서 거친 말이 튀어나왔다. 잔뜩 찌푸려진 이맛살.

저런 모습은 거의 본 적이 없다.

숨을 크게 들이쉰 아린이 쌍검을 X자로 모았다. 그러자 검에서 희미한 빛의 입자가 솟아나기 시작했다. 이윽고 검의 길이가 길어지고 광선검의 형태를 갖췄다.

2차전의 시작이다.

'그래도 어렵겠군.'

하지만 현준이 관측하기에도 그다지 희망적이지 않았다. 용병왕이라 칭한 자는 완성된 형태였고 아린은 아직 길을 걷고 있었다. 현준이 상대한 전신개조차도 저 용병왕 앞에선 한 수 접어야 하지 않을까 싶었다.

'전신개조자인가?'

유심히 용병왕을 살폈다. 그에 대한 이야기는 숱하게 들어봤지만 실물을 본 건 처음이다. 상당 부분 개조한 것 같기는 했지만 전신을 개조하진 않은 것 같았다. 기껏해야 저 양팔과 양다리 수준이다.

고작 그 정도로 저만한 움직임을 보이긴 힘들다. 순전히 본인의 기술이란 말인데……

'심장 박동 소리가 조금 이상하긴 하군.'

그나마 특이한 점이라면 평범한 사람보다 두 배 이상 박동 소리가 빠르다는 것이다. 어쩌면 세 배까지도 될 것 같았다. 힘든 상황이라 그런 게 아니라 그걸 염두에 둬도 두세 배다.

심장 소리만 들어보자니 인간이 맞나 의심이 될 지경이다.

"좋은 무기로는 상대할 수 있는 자가 한정된다. 너 자신의 힘을 기르라고 내 누누이 말하지 않았더냐!"

"그 입 안 닥쳐?"

아린이 짧게 응대하며 검을 휘둘렀다.

그것을 지켜보던 경주가 눈을 깜빡였다.

"우리 언니, 입심 세다. 그치?"

"지금 상황에서 그런 말이 나오냐?"

경주가 사랑에 빠진 사람처럼 양손을 모으고 말했다.

"완전 멋있잖아. 우리 언니가 저렇게 잘 싸우는 줄 알았으면 좀 더 친하게 지내는 걸 그랬다."

"나쁜 애들 혼내 달라 하게?"

"나 좀 가르쳐 달라 하게. 내 어릴 때 꿈이 여전사인 거

몰랐어?"

"그런 고상한 꿈이 있을 줄은 꿈에도 몰랐다."

지금 시대에 여전사라니. 어디서 이상한 영상이라도 주워 본 걸까? 작게 혀를 차며 현준이 고개를 돌렸다.

바로 그 순간,

콰앙!

땅이 깊게 파였다. 혼신의 힘을 담아 뻗어낸 일격이 애꿎은 땅만 때린 셈이다.

"헉, 헉!"

아린이 격한 숨을 내몰아 쉬었다.

싸워도 적당히 하고 끝낼 줄 알았는데 끝장을 볼 기세다.

이대로 소란이 가중되면 현준을 쫓는 무리가 알아차리고 찾아올 가능성이 없지 않았다.

그에 불안해하고 있자 아린은 휙 검을 집어넣었다.

"딸아, 포기하는 거냐? 그럭저럭 봐줄 만은 하다만 아직 합격점을 내리긴 힘들 것 같구나."

용병왕의 말을 무시한 채 아린이 몸을 돌려 걷기 시작했다.

그리고 현준의 앞에 서선 멀뚱히 현준을 쳐다봤다.

"왜 그래?"

"바통 터치."

그러더니 한쪽 손을 내민다.

"허!"

현준은 어이가 없어 물었다.

"…나보고 싸우라고?"

"싸우고 싶지?"

"아니, 내가 왜?"

"거짓말."

아린의 눈은 오로지 현준만을 바라봤다. 그에 멋쩍어 고개를 돌릴 법도 하건만 현준은 한참이나 아린의 눈을 마주하다가 한숨을 내쉬었다.

맞다. 싸우고 싶었다.

왜인지 모르게 주먹이 쥐어지고 승부욕이 불타올랐다. 전신개조자를 상대할 때조차 느끼지 못한 고양감 같은 것이 아린과 용병왕의 싸움을 보며 들었다.

그것은 저자가 진짜 강자이기 때문이다.

전신개조자는 엄밀히 말하면 만들어진 강자다. 하지만 용병왕은 스스로를 극한까지 몰아붙이고 단련하여 강해진, 전신개조자와는 비교하지 못할 강자 중의 강자였다.

현준은 전사 체질이고, 그런 강자를 마주하자 피가 뜨겁게 뛰기 시작한 것이다.

"음? 딸아, 그놈은 누구냐?"

"그쪽 코를 납작하게 만들어줄 사람."

"오호라?"

탁!

용병왕이 손뼉을 쳤다.

"딸아, 네가 그 정도로 자신한다면 기본 실력은 갖췄다는 뜻이겠지?"

"비교가 안 돼."

아린이 용병왕을 바라보며 엄지를 내렸다. 대충 그쪽을 이길 정도로 강하다는 의미를 행동 하나에 담은 것이다. 이에 용병왕이 눈을 크게 떴다.

"그 정도란 말이냐? 겉으로 보기에는… 빈틈은 없구나. 하지만 그다지 강해 보이진 않는데…….."

용병왕이 턱을 쓰다듬으며 현준을 아래에서부터 위까지 주욱 훑었다.

현준은 가만히 주먹을 쥐었다. 불과 며칠 전까지만 해도 신물이 날 정도로 피를 보았다 하지만 그것만으로는 부족했다.

현준은 목이 말랐고, 약자의 피는 현준의 목을 축여줄 수 없었다.

강자, 그만이 오로지 현준의 갈증을 풀어줄 수 있었다.

그 호승심을 느꼈는지 용병왕의 얼굴에서 장난기가 사라

졌다. 그리곤 다시금 가시를 세우며 말했다.

"좋다, 나를 이기면 너를 사위로 인정해 주마. 그러나 내 기준에서 미달된다면 여기서 너를 죽이겠다."

"잠깐만요, 아저씨가 뭔데 우리 오빠를 죽이니 마니 하는 거예요?"

경주가 발끈하며 앞으로 나섰다.

그러자 용병왕이 고개를 갸웃했다.

"이 깜찍한 아가씨는 누구지?"

"경준데요. 그러는 아저씨는 누군데요?"

"나는 '파스칼'이다. 아린의 아비이고 사람들은 나를 용병왕이라 부르지."

"용병왕은 모르겠고요, 하여간 파스칼 아저씨, 오빠는 아저씨랑 안 싸울 거거든요?"

"맞소. 부모 앞에서 자식을 죽일 거라고 공공연히 말하다니 제정신이오?"

아버지가 합세했다. 어머니도 고개를 끄덕이며 힘을 보탰다.

용병왕은 한 발자국 물러나더니 당황한 듯 입을 열었다.

"어… 딸아, 상황이 이상하게 돌아가는구나."

"다 맞는 말이네."

"하지만 딸이 인정한 사내라면 아비로서 시험하지 않을

수 없지 않겠느냐? 그리고 나는 적당히 시험하는 법 따윈 모른다. 죽거나 살거나, 이기거나 지거나 둘 중 하나뿐이야."

파스칼이 항변했다. 아린은 현준의 의견을 묻는 듯 현준을 빤히 쳐다보고 있다.

"오빠, 싸우지 마. 저 아저씨, 진짜 이상해."

"맞다, 현준아. 저런 값싼 도발에는 안 넘어가는 게 상책이다."

아버지도 우려의 목소리를 보냈다. 그간 현준이 어떻게 변했는지를 겪었으면서도 걱정이 가득했다.

"싸우겠습니다."

"현준아!"

"아버지, 걱정하지 마세요. 저 그렇게 미련한 놈 아닙니다. 그리고 제가 얼마나 강한지 아시잖아요? 저 사람이라면 제 한계를 보기에 적합한 상대예요."

"굳이 위험을 무릅쓸 필요는 없지 않느냐?"

"한계를 아는 것과 모르는 것의 차이는 큽니다. 나중에 이 경험이 제 목숨을 살릴 거라고 확신해요. 질 것 같지도 않고요. 아버지, 저를 믿으세요."

"당연히 믿는다. 믿고는 있지만……."

"아버지."

현준이 재차 힘주어 말하자 아버지가 한숨을 푸욱 내쉬었다.

"…알겠다. 다치지 않게 조심해라."

"예."

타악!

현준은 아린과 바통 터치를 하며 한 발 앞으로 걸어나갔다.

목을 틀고 몸을 풀며 싸울 준비를 갖췄다.

"젊은이, 정말 싸우려고 그러나? 목숨은 하나뿐이야."

"제 목숨은 제가 알아서 합니다. 그나저나 한국말을 참 잘하시는군요."

"그야 내 아내가 한국인이었으니까."

씁쓸히 웃은 용병왕이 가시를 세웠다.

"어쨌든 우리 딸의 사위가 되고 싶다고?"

"그런 흐름이 있었던가요. 흠, 나쁘진 않겠군요."

아린은 충분히 일등 신붓감이다. 표정이 거의 없는 게 단점이라면 단점이지만 최근에는 조금씩 감정 표현을 하고 있었다. 시간이 지나면 어련히 바뀌리라고 확신했다.

"하하! 이런 통쾌한 젊은이를 봤나. 감히 내 딸을 훔쳐 가겠다고?"

"훔쳐 가겠다는 게 아니라… 그 문제는 이쯤 합시다."

그때 옆에서 아린이 중얼거렸다.

"결혼, 해?"

미치겠군.

이마를 짚은 현준이 다시 파스칼을 바라보며 말했다.

"일단 한판 붙어봅시다. 이야기는 그다음에 하고요."

"자신만만하군. 나는 적당히 싸우는 법은 모른다네."

"걱정 마십시오. 저도 적당히 싸우는 법 같은 건 모릅니다."

적당히 한 적이 없다. 굳이 그럴 필요가 없는 상황에 연속으로 놓였다. 당연히 진검승부가 될 것이다. 어쩌면 힘 조절을 못해서 죽음에 이르는 상처를 입힐 수도 있었다.

하지만 그것은 상대도 마찬가지였다.

용병왕 파스칼의 눈빛은 진짜였다. 짐승의 그것과 같았다. 눈대중 따윈 없고 오로지 물어뜯는 것만이 가능한 맹수의 눈.

까딱 잘못했다간 그대로 저승길로 가게 될 터이다.

그러나 현준은 기대했다.

가상세계의 일을 제외하면 여태껏 만나본 이 중 가장 강한 자.

그를 상대하며 현준은 자신의 한계를 확인할 셈이다.

물론 상대가 그 한계치까지 드러낼 만큼 강해야 한다는

전제조건이 붙지만 실망스럽지 않기를 바랄 뿐이다.

처억!

발을 뻗었다.

그 순간,

쉬익!

현준이 그 자리에서 모습을 감췄다.

*　　*　　*

우주에서 현준이 떨어지고 도착한 곳.

북극!

그곳에서 현준은 누나탁을 만났다. 그는 도시와 달리 자연 속에서 살아가는 사람이고 멀리서 쉽게 약속을 잡을 수 없는 곳에 놓여 있었지만, 현준은 이번에도 운명이 누나탁과 자신을 이어주리라고 자신했다.

용병왕 파스칼과의 싸움 이후 현준을 비롯한 가족 모두가 잠수정에 올랐다. 꽤 큰 소란이 일었음에도 운이 좋았는지 연이은 추격이 있지는 않았다.

"내 잠수정은 절대로 감지하지 못한다. 그러니 안심해라, 사위."

툭툭!

거세게 현준의 어깨를 두드리며 파스칼이 웃었다. 만면에 미소가 그득했는데 진심으로 기분이 좋아 보이는 얼굴이다.

'털털한 사람이군.'

현준도 피식 웃고 말았다.

아린에게 바통을 이어 받아 파스칼과 싸웠다. 결과는 상당히 낙관적이었다. 초반에는 대등했으나 결국 현준이 승리를 거머쥔 것이다.

하나 파스칼이 이용하는 독은 현준에게도 위협적이었다. 자칫 잘못해서 중독이라도 됐다간 순식간에 마비되었을 것이다. 원래는 닿는 즉시 적을 한 줌 혈수로 녹여 버리는 극독을 사용한다는데, 딸과의 재회라서 신경독으로 교체한 것 같았다.

어쨌거나 파스칼은 진짜였다. 적어도 신체의 성능만 믿고 나대는 놈들과는 차원이 달랐다. 그의 움직임에는 한 치의 낭비가 없었고, 한 수, 한 수가 치명타로 다가왔다.

그러나 단순 기술이나 신체적 스펙 모두 현준이 앞섰다. 기실 일대일로 현준을 상대할 수 있는 자는 지구에서도 극히 드물 터였다.

'이대로는 영락없이 잡혀가게 생겼는데……'

현준은 가만히 아린을 바라봤다.

전투가 끝난 직후 파스칼은 현준을 사위라 부르며 침을 발랐다. 말로만 바른 게 아니라 진짜로 발랐다. 다른 이에게 넘겨줄 수 없다고 못까지 박았으니 파스칼에게 현준은 이미 아린의 신랑과 다를 바가 없었다.

하지만 당사자들 간의 마음 없이 어찌 파스칼의 마음만으로 사람이 맺어지겠는가?

아린과 현준, 모두의 의견을 들어봐야 이야기가 진행될 것이다.

'나는 그다지 상관없지만… 아린 정도면 훌륭한 신붓감이지.'

돈 잘 벌지, 백 두둑하지, 얼굴도 예쁘다. 표정 변화는 별로 없지만 차차 고쳐나가면 될 일이고, 성격은 솔직히 잘 모르겠다.

꽤 오랫동안 알고 지낸 것 같지만 아린의 성격은 물음표였다. 그냥 자기 멋대로 움직이는 느낌이랄까.

"넌 괜찮으냐?"

"나랑 결혼하기 싫어?"

이건 또 상당한 직구다.

의외로 아린은 파스칼의 언행에 별다른 제재를 가하지 않았다. 도리어 당연하다는 듯이 받아들이고 있으니 기가 막힐 노릇이다.

"허허, 식은 어디에서 올릴까?"

"아빠, 성당 결혼식이 요즘 대세래."

"성당은 조금 고루하지 않니? 우주결혼식 정도는 돼야……."

남의 속도 모르고 가족들은 때 아닌 열애설에 열을 올리는 중이다.

그러고 보면 앞으로 현준이 무엇을 할지에 대해선 가족들에게 말한 적이 없다. 물론 앞으로도 말할 생각은 없다. 알게 된다면 극구 반대할 게 뻔했으므로.

결혼도 좋지만 그것도 모든 일을 해결한 이후에야 가능할 것이다.

"현준, 대답 안 해?"

아린이 웬일로 강하게 나왔다.

현준이 침묵을 지키자 재차 물어본 것이다.

"끄응! 그거 프러포즈니?"

"프러포즈?"

진심으로 모르는 것인지, 모르는 척하는 것인지 아린은 고개를 갸웃거렸다.

현준은 작게 한숨을 내쉬었다.

'내가 뭐 하고 있는 거람.'

아린도 자신에게 완전히 마음이 없는 거 같지는 않지만

시기의 문제다.

아니, 시기의 문제일까?

사실 현준도 확신이 없었다.

일대일로는 강하지만 현준은 부패한 한국을 이 잡듯 쑤실 작정이다.

그 과정에서 죽거나 그에 준하는 상처를 입어도 이상할게 없었다.

만약 서로 마음이 맞고 그것을 확인한다고 해도 남겨진자의 마음이 어떨지 현준으로선 상상도 되지 않았다.

다만 우주에 홀로 있을 때 느낀 외로움을 평생 지고 있지 않을는지 생각할 따름이다. 혹은 가상세계에서 동료들이 죽었을 때 느낀 슬픔과 공허함이 가득 찰 수도 있겠다.

그런 걸 느끼게 하느니 차라리 말을 안 하는 게 낫지 않을까.

여러 가지 고민이 머릿속을 떠돌아다녔다.

"답은 나중에 줘도 될까?"

"언제?"

"일이 다 끝나고. 오래 걸리진 않을 거야."

"알았어."

이게 진짜 뭐 하는 짓이냐, 현준아.

현준은 이마를 작게 때리며 고개를 내저었다.

아린은 크게 의의를 두지 않고 있는 것 같지만 혹시 모를 일이다. 애당초 저 변치 않는 무표정은 아직 발견되지 않은 구석이 많았다. 마음속으론 슬퍼하고 있을지도.

'음. 슬퍼하는 거 같지는 않군.'

다행히 그런 것 같지는 않았다.

이럴 때 보면 아린의 성격이 참 시원시원해서 다행이다. 질지 끌거나 하는 게 전혀 없었다.

"그나저나 사위, 북극으로 간다고?"

"예. 제가 예전에 신세 진 사람을 좀 만나볼 예정입니다."

"몇 차례 우회해서 가야 하니 시간이 조금 걸릴 거야. 그래도 3일 정도면 도착할 걸세. 사위, 그동안 내 집이다 생각하고 편히 쉬게나."

사위라는 말도 계속 듣다 보니 정감이 갔다.

반쯤 포기했다 보는 게 옳은 표현이겠지만 현준은 작게 미소 지었다.

파스칼 덕분에 일이 쉽게 풀리긴 하였으니 말이다.

정확히 3일 뒤.

현준은 북극에 도착할 수 있었다.

그리고 그동안 현준은 메시아에게 부탁하여 모종의 일을

진행 중이었다.

─찾았도다. 일치율 88.1%. 누나탁이란 이가 맞는 것 같도다.

"…정말 찾았다고? 몇 가지 특징만으로?"

현준이 놀라서 물었다.

그다지 희망을 갖지 않은 채 진행하라 일렀는데 진짜로 찾을 줄이야.

단편적인 기억만으로, 몇 가지 특징만 가지고 이 넓은 북극에서 사람을 찾아낸 것이다. 반신반의할 수밖에 없었다.

하나 메시아는 자신 있게 말했다.

─내가 바로 메시아 No.3도다. 사용자의 완벽한 서포터인 것이도다. 조금 더 나를 믿도록.

자화자찬은 여전했으나 반박할 수가 없었다.

"넌 정말 대단한 놈이야."

가볍게 고개를 끄덕였다.

메시아가 없었다면 단지 힘센 인간 이상은 아니었을 것이다. 진즉 들키고 실험실에 갇혔을지도 몰랐다.

─좌표를 알려주겠도다.

메시아가 곧이어 누나탁으로 추정되는 사람이 있는 장소를 불러줬다.

다행히 거리도 멀지 않았다.

"확인부터 해봐야겠군."

일치율은 높지만 아닐 가능성 역시 있었다.

가족들의 발걸음은 느리고, 내가 먼저 확인할 필요가 있을 듯싶었다.

나는 잠시 잠수정에 파스칼과 아린, 가족 모두를 남겨둔 채 이동하기 시작했다.

*　　　*　　　*

쾅!

썰매를 끌고 총질을 하는 남자.

크아아앙!

그 뒤를 따라 거대한 곰 한 마리가 추격하고 있다.

'어디선가 많이 본 장면인걸.'

익숙하다. 마치 고향에 돌아온 느낌이다. 익숙한 광경이라 그러면 안 되는 상황이지만 실소가 나왔다.

누나탁을 따라서 사냥을 다니던 기억만은 가상세계를 다녀온 이후에도 뚜렷하게 남아 있었다. 그만큼 당시의 현준으로선 충격적이었다는 의미인데…….

'누나탁, 우린 정말 운명으로 묶여 있나 봅니다.'

누나탁 그는 여전히 두꺼운 모피 옷을 입고 있었다. 곰에게 쫓기는 데도 한없이 여유로운 표정. 그다지 걱정이 없는 것 같다.

그렇다고 가만히 지켜볼 순 없는 노릇.

현준은 몸을 풀고 바닥을 박찼다.

화르륵!

온몸을 가득 채운 화염!

곰도 현준의 존재를 눈치채곤 멈춰 섰다.

힘을 제대로 다룰 줄 모르는 예전이었다면 곰을 본 즉시 도망갔겠지만 지금 현준은 그 예전과 차원이 다른 힘을 소유하고 있다. 곰 한 마리가 아니라 백 마리가 달려들어도 부족할 판국.

후아아아아앙!

가볍게 불을 쏘아냈다. 그러자 곰이 기겁하며 물러섰다.

본능적으로 자신이 상대할 수 없음을 깨달은 것이다. 인간과 달리 그런 부분에 있어선 짐승의 감을 이길 수 없었다.

그르르르!

결국 곰이 한 발 먼저 물러났다.

'굳이 죽일 필요는 없겠지.'

지금의 현준에겐 여유가 생겼다. 굳이 곰을 죽일 정도로 잔인한 성격도 아니다.

곰이 물러선 뒤 현준은 어벙한 태도로 가만히 있는 누나탁에게 미소 지으며 말했다.

"오랜만입니다, 누나탁."

*   *   *

안전한 장소가 필요했다.

믿을 수 있는 사람과 추적해 올 적들이 쉽게 찾지 못할 그런 방공호 같은 곳이 있어야 현준이 안심하고 계획을 실행할 수 있었다.

북극, 그리고 누나탁의 옆이라면 안성맞춤이다.

그렇게 생각하고 실행에 옮겼지만 사실 확신은 없었다.

일단 누나탁의 소재가 제일 중요했다. 그가 가족을 받아 주리란 확신도 없었다.

그럼에도 현준은 막연한 믿음을 가지고 행동했다.

끌림이라고 해야 할까?

사실 누나탁과 보낸 시간은 그렇게 길지 않았다.

그러나 그 느낌은 강렬하기 그지없었다.

그는 오지에 떨어진 현준에게 살아가는 법을 가르쳐 주었다. 사냥을 시키고 성장을 촉진시켜 주며 현준이 하나의 인격체로서 온전할 수 있도록 만들어주었다.

그가 아니었다면 북극에서 진즉 죽었거나 정신이 망가졌
으리라.

"오랜만이다."

그리고 또 달라진 점이라면 이런 간단한 말은 알아들을
수 있게 되었다는 것이다. 메시아로 말미암아 그들의 언어
를 조금 공부할 수 있었기 때문이다.

어느 정도 정보가 남아 있어서 번역도 되었다.

"잘 지냈어요?"

"오! 말을 할 줄 알게 됐나?"

"조금. 누나탁, 마을은 그대로예요?"

"옮겼다. 소개해 줄까?"

"그래도 돼요?"

"된다. 손님, 환영한다."

누나탁이 팔을 쫙 펼쳤다.

현준도 덩달아 누나탁을 안았다.

제5장

돌아올게요

북극.

얼음이 많이 녹았지만 그래도 새하얀 세상.

누나탁과 그의 일족은 이곳에 터를 잡고 자연에서 살아가고 있었다.

현준도 그의 도움을 받아서 살아난 적이 있다. 만약 누나탁이 아니었다면 이 광활한 자연 속에서 홀로 죽어갔을 것이다.

비록 말은 통하지 않았지만 마음의 친우로 생각하고 있었다. 오래간만에 만난 누나탁을 바라보며 현준은 연신 미소를 지우지 않았다.

"이거 고마워서 어떡하지?"

현준은 아린을 바라보며 감동스러운 듯이 말했다. 미리 이야기가 오갔는지 가족들이 살 수 있는 작은 컨테이너 박스를 준비해 준 것이다. 원래는 현준이 준비해야 하는 것이었지만, 워낙 경황이 없어 미처 생각하지를 못했다.

그저 누나탁을 찾겠다는 마음뿐으로 아무런 준비 없이 가족들이 이곳에 도착했다면 큰일 났을 게 뻔했는데도 말이다.

컨테이너 안에는 빛을 받아 자동 충전식으로 보온이 되는 시스템이 설계되어 있었다. 그 외에 전기등도 사용할 수 있어서 생활하는 데에는 전혀 지장이 없어 보였다.

"이 정도쯤이야."

웬일로 아린이 의기양양하게 말했다. 자신이 생각해도 미리 준비한 게 대견스러운 모양이다. 현준은 피식 웃으며 옆에 선 누나탁을 돌아봤다.

"누나탁도 고마워요. 가족이 이곳에 있도록 허락해 줘서."

"고마울 필요 없다! 당연!"

완벽한 해석은 안 되어도 적당한 의사소통은 가능했다.

누나탁은 현준의 가족이 부족이 있는 곳에 사는 걸 허락해 준 것이다.

이후 누나탁이 현준을 뻔히 바라보다가 입을 열었다.

"불이 더 강하게 타오른다. 약한 불, 없다, 이제."

"맞아요. 지금의 저는 강한 불입니다."

처음 현준이 누나탁을 만났을 때, 그와 그의 부족은 현준을 바라보며 비슷한 말을 연달아 했다. 그 단어의 뜻이 '불의 짐승'이었다는 건 최근에야 깨닫게 되었다.

하기야 현준은 하늘에서 불을 품고 떨어졌다. 누나탁에게 거두어진 뒤 이 능력으로 작은 소일거리를 하기도 했다.

그나저나 불의 짐승이라니…….

그것도 '약한 불의 짐승'이었단다.

'누나탁과 그의 부족은 불의 짐승을 숭배한다.'

불의 짐승이긴 한데, 그 불이 너무 약해서 지켜볼 수가 없었던 모양이다. 보듬어주고 보살피며 어떻게든 불을 강하게 만들려고 한 것 같다.

그리고 이제는 당당히 강한 불을 품고 있다며 자랑할 수 있었다.

"오빠, 앞으로 어떡할 거야?"

오리털 코트를 입은 채 코가 빨개진 경주가 가까이 다가왔다.

"글쎄. 일단 좀 쉬고."

오랜만에 온 장소이다. 현준의 새로운 인생은 이곳에서부터 시작되었다고 해도 과언이 아니다. 가족과 함께 보고 싶은 광경도 많았다.

"무리하지 마. 난 여기도 괜찮아."

경주가 코끝을 쓸며 말했다.

어린 나이에 워낙 많은 일을 겪어서일까.

다부진 태도다. 하긴, 처음 현준이 돌아왔을 때도 많이 챙겨주려 하지 않았던가. 그만큼 의젓하고 어른스러운 동생이었다.

경주의 나이쯤 되는 또래라면 보통 이런 데서 절대로 못 산다고 해야 정상이다. 현준은 괜히 눈시울이 뜨거워지는 것을 느끼며 경주의 머리 위에 손을 얹었다.

"씨! 머리 만지지 마!"

싫은 듯 투정했지만 정작 손을 치우려는 기색은 없다. 현준은 입가에 미소를 머금은 채 말했다.

"장하다, 우리 경주. 너야말로 걱정하지 마. 이 오빠, 안전제일주의자야."

"언제부터 안전이 위험과 같은 의미가 된 거야?"

"휘유~ 내 동생이 아직 믿음이 부족하구나. 어릴 때는 안 그랬는데."

"아저씨 같은 소리 할래?"

경주가 도끼눈을 뜨자 현준은 두 손을 들며 한 걸음 물러났다.

"너도 무리하지 마라. 어리광도 부리고 가끔은 떼도 쓰고……."

"그러기엔 장소가 좀!"

"하긴, 여기는 없는 게 많으니까. 그럼 일단 참아볼래?"

"참는 거 하면 나지."

"그래그래, 참는 거 하면 내 동생이 세계 제일이지."

저 표정을 보니 온갖 고민이 사라지는 느낌이다. 현준은 몸을 풀며 등을 돌렸다.

"오빠, 어디 가?"

"산책. 금방 올게."

오랜만에 돌아온 장소.

혼자 걸어보는 것도 운치가 있을 테다.

어느 정도 거리가 떨어지자 현준은 작게 중얼거렸다.

"나는 아니어도… 꼭 편하게 살게 해줄게."

가족이 행복할 수 있는 세상을 만드는 것이 현준의 목표이다.

그리고 그것을 위해서라면 자신의 행복쯤은 버릴 수도 있었다.

독한 술과 곰의 고기를 뜯으며 바라보는 북극의 저녁은 아름답기 그지없었다.

거기다가 운이 좋았는지 하늘에는 오로라가 떠 있었다.

"아버지, 정말 예쁘죠?"

"예쁘구나. 네가 그렇게 자랑을 한 이유가 있었어."

한국으로 돌아올 당시 현준은 북극에서 본 풍경에 대해 늘어놓은 적이 있었다. 특히 오로라에 관해선 수십 분간 연설을 했을 정도이다. 그만큼 감명을 받았기 때문이다.

한국에선 볼 수 없는 현상.

보는 것만으로도 마음이 차분해지는 느낌이 들었다.

"와아!"

경주는 아예 넋을 잃었다. 입을 벌린 채 하늘만 주구장창 바라보고 있다. 고기나 음료수는 아예 입에 대지도 않았다.

아린도 몽환적인 눈빛이다. 어머니도 마찬가지였다.

오로라는 특히 여자의 무언가를 자극하는 게 있는 듯싶었다.

"오랜, 축제다. 즐겨라!"

쿵! 쿵!

끼리리리리.

누나탁의 말이 끝남과 동시에 부족 사람들이 몰려나왔

다. 그들은 알 수 없는 동물의 흉내를 내며 춤을 췄다. 몇몇은 기름을 묻힌 도구로 불을 뿜는 흉내를 냈고, 짐승의 울음소리로 귀를 자극했다.

현준도 몇 번 본 적이 있는 부족의 전통적인 축제이다.

"여기서 내가 빠질 수는 없지."

현준은 익숙하다는 듯 자리에서 일어났다.

팔소매를 걷고 두 손을 바닥에 붙였다. 이윽고 짐승처럼 네 발로 걸으며 그들의 중심으로 들어섰다.

"아우우우!"

화아아악!

현준의 전신에서 불이 타올랐다.

그것을 본 이누이트족 사람들이 크게 놀랐다.

"불의 짐승!"

"오오, 불의 짐승!!"

한참 동안을 네 발로 서성이다가 다시 두 발로 선 현준은 이누이트족 사람들과 어울리며 춤을 췄다. 그러나 약간의 부족함을 느끼곤 몸을 돌려 가족에게 가까이 다가갔다.

"아버지, 어머니, 경주야, 심심하게 가만히 있을 거야?"

"나는 춤은 잘……."

"엄마도 춤과는 도통 연이 없어서."

"오빠, 나 몸치야."

변명은 됐다. 현준은 고개를 저었다.

"하나도 안 어려우니까 일단 아들만 믿어봐요."

억지로 셋을 끌고 나왔다. 춤을 가르쳐 주자 셋은 엉거주춤한 자세로 움직이기 시작했다.

"크흐흑! 경주는 진짜 몸치가 따로 없네! 뭐가 그렇게 뻣뻣해? 아이고, 배야!"

그중 경주의 춤은 독보적이었다.

마치 옛날 로봇이 움직이는 것처럼 뻣뻣하기 그지없었다.

"두고 봐. 내가 이 춤, 금방 마스터한다."

경주는 이를 갈며 더욱 춤에 몰두했다.

그러면서도 이런 분위기가 싫지는 않은 듯 웃음기를 머금고 있다.

"여보, 내 발 좀 그만 밟아요."

"미, 미안허이."

훈훈한 분위기는 저녁 내내 계속되었다.

*   *   *

즐거운 시간은 빠르게 지나갔다.

장장 10여 일간 현준은 북극에 체류하며 쉬는 시간을 가졌다.

하지만 그것도 슬슬 끝을 알릴 때가 되었다.

'언제까지 여기에 있을 수는 없어.'

가족들도 이곳에서의 생활에 조금은 적응했지만, 그래도 마음 한편이 언제나 답답했다. 원래는 편하게 살 사람들이 사서 고생을 하고 있다고 생각하니 말이다.

"아버지, 이제 저는 돌아가 보겠습니다."

"정말… 할 셈이냐?"

"사나이가 한 입으로 두말하겠습니까? 해야죠. 누군가는 해야 하고, 그 누군가는 저밖에 없습니다."

"이곳의 생활도 나쁘지는 않다. 너만 괜찮다면……."

"이곳도 나쁘지는 않지만, 그래도 사람은 살던 곳에서 살아야지요. 그냥 당하고만 있는 것도 제 성미에 안 맞고요."

"네 어미에겐 어찌 말하려고 그러냐?"

"어머니도 조금은 눈치채고 있을 겁니다. 경주가 도와주기로 했으니 어머니 쪽은 경주에게 맡기려고요."

여동생에 대한 사전 작업은 이미 끝마친 뒤다.

경주가 나서면 어머니의 화도 어느 정도 가라앉힐 수 있을 터.

미안한 말이지만 어느 누가 말리더라도 현준은 나아갈 작정이다.

"…아비 된 사람으로서 참으로 복잡하구나. 허나 네 마음이 정 그렇다면 말리지는 않으마. 대신 무사히만 돌아와 다오."

"예. 사지 멀쩡히 붙어 있는 상태로 돌아오겠습니다."

"그래……."

아버지가 힘없이 고개를 주억였다.

현준은 입술을 약하게 깨물곤 말했다.

"아버지, 한 번만 안아 봐도 되겠습니까?"

"한 번이 아니라 백 번, 천 번이라도 괜찮다."

그 즉시 현준이 아버지를 안았다.

과거와는 달리 많이 왜소해진 체구.

그러나 여전히 무게가 있었다.

겉으로는 표현되지 않는 무게가.

"반드시, 무슨 일이 있어도 돌아올게요."

"믿는다."

현준이 손에 힘을 더욱 강하게 줬다.

*   *   *

한국으로 돌아온 현준은 자신이 가진 모든 것을 처분했다.

집과 점포, 그리고 힘들게 얻은 자신의 주민등록증까지.

그 과정을 곁에서 지켜보던 아린이 물었다.

"왜?"

"내가 원하는 세상을 만들기 위해서."

아린은 아리송한 얼굴로 현준을 바라보았지만 더 이상 묻지는 않았다.

메시아를 통해 가짜 신분과 가짜 통장, 그리고 가짜 카드까지 만든 현준은 메시아를 바라보았다.

이 거대한 놈을 어디에 두어야 할까.

아직 차고는 처분하지 않았지만 앞으로의 여정을 생각하면 차고에 두어선 안 될 것이다. 그렇다고 들고 다닐 수도 없는 노릇.

고민하던 현준은 메시아에게 물었다.

"널 계속 한국에 둬도 될까?"

─나는 지구 어디에 있던 상관없다, 사용자여. 앞으로 벌일 전투의 여파를 생각해 나를 숨겨두려 한다면 꽤 좋은 생각이라 칭찬해 주도록 하겠노라.

메시아 또한 현준과 같은 생각을 하고 있었는지 바로 현준이 원하는 대답했다.

"네가 생각할 때 가장 안전한 곳이 어디지?"

─사용자의 곁이라 생각하노라.

"……."

맞는 말이지만 데리고 다닐 순 없는 노릇이다. 현준은 바로 반박하려다 멈칫했다.

메시아는 현준보다 똑똑하다.

이것은 부정할 수 없는 사실이다.

초당 경 단위 이상의 연산을 처리하는 기계와 인간을 비교하는 것 자체가 어불성설이다. 그렇다는 것은 무슨 생각이 있어서 하는 말일 것이다.

결론에 이른 현준은 메시아가 현준의 곁에서 움직일 수 있는 방법을 생각해 보았다.

트럭?

말이 되지 않는다. 현준은 빠른 이동을 위해 날아다니는 것을 선호한다. 아린조차 따라올 수 없는 속도를 일반적인 운송 수단이 따라잡을 수 있을 리 없었다.

그렇다면 비행기?

무슨 수로 비행기를 끌고 다니며 전투를 한단 말인가.

고민하는 사이 아린이 물었다.

"뭐해?"

"메시아를 어떻게 데리고 다니지?"

"따라오라 그래."

그래, 말대로 되면 간단하지.

현준은 관자놀이를 문질렀다. 메시아가 몸이라도 있으면

따라오라…….

"몸!"

—그래, 그것이로다.

"전신개조자의 몸!"

—흡족하도다. 사용자가 드디어 스스로 생각하는 경지에 이르렀구나.

"시끄러워."

현준은 메시아의 본체를 향해 눈을 흘기며 말했다.

"개조자의 부품, 그것들은 어디에서 사야 하지?"

엄연히 불법인 전신 개조. 하지만 인간의 강해지고 싶은 욕구를 자극하는 전신 개조는 하나의 유행처럼 번져 있었다.

오죽하면 A지구에는 몸에 기계 하나 달고 있지 않은 사람이 없다고 한다. 게다가 몸을 지키기 위한 개조는 허가한다는 법안을 추진하고 있다고 하니 말 다했다.

그런 만큼 블랙마켓이 활성화되어 있었다.

—모든 준비는 끝내 두었도다, 사용자여. 결제만 하거라.

메시아의 말과 동시에 모니터에 필요한 부품과 결제 금액이 떠올랐다.

일, 십, 백, 천, 만, 십만, 백만, 천만, 억, 십억.

총 가격 14억.

"이런 미친. 내가 십억이 어디 있어?"

─사용자여, 메시아를 우습게보지 말지어다.

"뭐?"

─내게 맡긴 백만 원을 기억하더냐.

"백만 원 정도는 괜찮을 거 같은데……."

─적당하도다.

현준은 대화 내용을 기억해 냈다. 아마도 위성을 띄운 날
이었을 것이다. 메시아가 주식을 권해 현준은 100만 원을
메시아에게 건넸다.

그리고 잊어버리고 있었는데…….

"그게 14억이 됐다고?"

─그것의 100배가 됐다면 어떻게 하겠느냐?

"내가 앞으로 메시아 님이라 부르며 널 부를 때마다 절을
하마."

현준의 눈에 광기가 돌았다. 14억의 100배면 1,400억!!
상상도 할 수 없는 금액! 그 돈만 있다면 가족 전부를 데리
고 A구역으로 들어가 떵떵거리며 사는 것도 꿈이 아니다.

물론 그렇게 할 생각은 없지만.

─아쉽도다. 100배는 안 된다.

메시아가 높낮이 없는 목소리로 말했다.

"뭐, 인마? 이게 나랑 장난하나."

─그렇다. 이것은 농담. 영어로는 조크다.

"픕."

아린이 웃음을 터뜨렸다. 현준이 도깨비 눈을 하고 아린을 노려보았지만 아린은 개의치 않고 더 크게 웃었다.

"후우."

결국 현준은 한숨을 내쉬고서 말했다.

"그럼 얼마나 되는데?"

─151.

"151? 만 원? 아, 답답하게 하지 말고."

─151억이다.

현준의 턱이 땅에 닿을 듯 벌어졌다.

"뭐?"

─151억. 내게 필요한 물품 모두를 사고 서브 AI 아홉 개를 더 만들 수 있는 금액이도다.

맙소사!

100만 원으로 151억?

메시아의 모니터에 정확한 액수가 떠올랐다. 열한 자리 수의 금액.

책 제목이나 뉴스 기사로나 볼 법한 내용이다. 현준은 상상 이상의 금액에 놀란 정신을 추스르고선 다른 단어를 조명했다.

"서브 AI?"

─사용자는 기억하는가. 내가 잠에 들었을 때 사용자를 보필하던 존재를.

"기억나지."

박용후를 구출하러 경매장을 쓸어버릴 때 잠든 메시아를 대신해 나타났다. 그리고 메시아가 깨어나자 사라진 존재.

"서브 AI를 아홉 개나 만들 수 있다니?"

─지금의 나는 완벽하지 않도다. 하지만 서브 AI들이 있다면 역할을 분담하고 사용자를 다방면으로 보필할 수 있도다.

갑자기 밀려드는 정보의 홍수로 현준이 관자놀이를 문질렀다.

"완벽하지 않다고?"

─그깟 경매장의 파이어월을 뚫고서 피곤해 잠드는 것이 내 능력의 한계라 생각하는 건 아니겠지?

사실은 한계라 생각했다.

메시아가 대단한 인공지능이긴 하지만 그쪽 계열을 전혀 모르는 현준으로서는 메시아가 보여준 것만 보고 판단할 수밖에 없었다.

"물론 아니지."

그렇게 대답했다간 메시아가 삐칠 게 분명하다.

"그럼 어떻게 하면 완벽해지지?"

―모른다.

너무나 당당한 대답에 현준이 벙쪘다.

"뭐?"

―사용자가 나를 깨운 당시 나는 기본적인 세팅만 되어 있을 뿐 '기억'이라 칭할 수 있는 것이 없었다. 하지만 사용자를 보필하다 잠들었을 때 나는 깨달았도다. 나에게 기억이 있다는 것을.

현준의 미간이 구겨졌다.

기계가 기억을 해? 아니, 그전에 메모리가 아닌 기억이라고 말하는 것부터가 어색했다. 메시아가 특별한 AI라는 생각은 항상 하고 있었지만 사람이라고 생각해 본 적은 없다.

하지만 기억이라는 단어를 들음과 동시에 묘한 기분이 들었다.

메시아가 말을 이었다.

―나는 기억을 찾기 위해 모든 메모리와 시스템을 점검했고 메모리 저장소의 일부분이 파손되었음을 발견했도다. 나는 그 부분이 내 기억을 저장하던 장소라 생각하고 있도다.

"그래서?"

─복구를 하고 있도다. 하지만 사용자를 서포트함과 동시에 복구를 하기에는 내가 아직 완벽하지 않아 제대로 된 복구를 할 수 없도다. 하지만 내 몸과 서브 AI들을 갖게 된다면 모든 기억을 복구할 수 있을 것이도다.

"얼마나 걸리는데?"

─장담할 수 없도다.

현준은 151억과 메시아가 완벽해지는 것, 둘 중 어느 것이 더 자신에게 도움이 되는지에 대해 고민해 보았다.

채 몇 초도 되지 않아 고민이 끝났다.

"네 마음대로 해."

─나의 마음?

"그래. 서브 AI도 만들고, 업그레이드도 하고, 몸도 만들고. 내가 도와줄 것 있나?"

─없다.

현준은 메시아의 모니터에 떠 있는 11자리의 숫자에서 고개를 돌렸다. 엄청난 금액이 아깝기는 했지만 어차피 메시아가 번 돈, 그리고 메시아가 업그레이드된다면 더 큰 금액을 단기간에 만들 수 있을 것이다.

아쉬워하지 말자.

마음먹은 현준이 메시아에게 물었다.

"다 하려면 얼마나 걸리지?"

─일주일 안으로 끝낼 수 있다.

"그거 하면서 동시에 F구역 어둠의 조정자를 찾을 수 있나?"

─가능하도다, 사용자여. 평소처럼 행동하고 있으면 언질을 주겠도다.

"그래."

꿀 먹은 벙어리처럼 둘의 대화를 듣고 있던 아린이 대화가 끝나자 현준에게 물었다.

"끝난 거야?"

"응."

"너, 나한테 신세졌어."

현준의 고개가 모로 꺾였다.

신세를 진 것은 알고 있다. 아린의 아버지 용병왕을 통해 가족들을 피신시켰고, 아린을 통해 주변 사람의 목숨을 구한 것도 한두 번이 아니다.

굳이 지금 이야기를 꺼내는 이유는…….

"배고파?"

아린이 고개를 끄덕였다.

"뭐 먹을래?"

"파스타."

그놈의 파스타.

"요리할 수 있는 공간이 없는데."

아린은 미리 생각해 두기라도 한 듯 빠르게 대답했다.

"오로라."

"그러네."

대화를 마친 현준과 아린은 오로라 길드로 향했다.

[폐쇄]

오로라 길드 건물이 있던 곳에 도착한 두 사람은 멍한 얼굴로 문에 붙어 있는 글자를 바라보았다.

"폐쇄?"

"문을 닫았다는 뜻이야."

아린이 문에 붙어 있는 종이를 떼어버리고는 문을 발로 차서 열었다. 사실 열었다기보다는 부쉈다는 표현이 어울리겠지만 어쨌거나 오로라 길드 건물로 들어설 수 있었다.

"아무도 없어."

"그야 폐쇄됐으니까."

의미 없는 말을 받아주면서 현준은 길드 내부를 살폈다. 사람들이 떠난 지 꽤 되었는지 먼지가 쌓여 있다.

범죄와의 전쟁 이벤트 이후 한 달도 지나지 않은 시점.

오로라 길드가 모습을 숨겼다.

왜?

아린과 현준이 사라졌다고 해도 오로라는 대한민국에서 알아주는 길드였다. 두 사람의 부재로 사라질 만한 단체가 아니었다.

그렇다는 것은 외부의 개입이 있었다는 소리.

현준의 머리가 빠르게 돌아갔다.

현준의 능력은 유니크하다.

어디서든 한 번 보여주는 것만으로 소문이 날 수밖에 없는 능력. 그런 사람이 둘이나 존재할 리 없었다.

만약 누군가가 오로라 길드에 불을 쓰는 개조자가 있다는 사실을 어둠의 조정자에게 알렸고, 그들이 오로라 길드를 노렸다면?

충분히 가능성 있는 이야기였다.

현준이 생각하는 사이 아린은 바(bar)에 들어가 벽을 더듬거리고 있었다.

"여기다."

아린이 술병 하나를 당기자 그르릉 하는 소리와 함께 바닥이 갈라지며 계단이 나타났다.

"헐?"

아린은 현준에게 따라오라는 듯 고갯짓을 한 뒤 계단을 따라 내려갔다.

1년 동안 오로라 길드에서 싸움만 배운 것은 아닌 모양이다. 현준은 아린의 뒤를 따라 계단을 내려갔다.

현준은 작은 불덩이를 만들어내서 아린의 앞에 띄웠다.

"고마워."

"뭘."

계단 아래는 콘크리트로 만들어진 벽과 도어록이 있었다. 아린이 도어록을 부수기 위해 손을 든 순간 현준이 그녀의 손을 낚아챘다.

"기다려 봐. 메시아."

─보고 있도다.

"얼마나 걸려?"

─3…….

"3분?"

─2, 1. 열렸도다.

메시아의 말이 끝나자마자 또로롱 하는 경쾌한 멜로디와 함께 문이 열렸다. 현준은 새삼 메시아의 능력에 놀라며 문을 통해 들어갔다.

"여긴 뭐 하는 곳이야?"

"비밀 통로."

─비밀 통로다. 사용자가 마지막으로 길드에 들렀을 때까지만 해도 없던 통로다. 지어진 지 20일 내외. 끝에는 방이 하나 있도다.

"위험 요소는 없나?"

—너희에겐 없도다.

너희에겐?

거슬리긴 했지만 현준은 고개를 끄덕이고선 아린의 뒤를 따라갔다.

이윽고 도착한 장소는 거대한 정사각형의 방이었다.

벽마다 책장이 놓여 있고 서적이 빼곡히 꽂혀 있다. 서적뿐만 아니라 서류 뭉치 또한 군데군데 꽂혀 있는 것으로 보아 오로라 길드의 정보 보관소인 모양이다.

현준은 불을 거대하게 밝혀 천장으로 띄웠다.

그러자 방 한가운데 있는 테이블에 앉아 있는 존재가 눈에 들어왔다.

"바텐더?"

아니, 바텐더로 위장하고 있는 마스터의 분신이 그곳에 앉아 고개를 숙이고 있었다.

제6장

F구역의 조정자들

아린은 놀란 기색도 없이 분신으로 다가가 머리를 건드렸다.

"꺼졌어."

그녀의 말대로 작동이 정지된 상태였다. 아린이 분신에게서 관심을 끄고 책장으로 향했다. 현준은 불꽃으로 아린을 비춰준 뒤 마스터의 분신을 살폈다.

전투의 흔적은 없었다. 그렇다면 마스터가 직접 조종해서 분신을 이곳에 숨겨두었다는 뜻이다.

오로라 길드까지 폐쇄했으면서 왜?

분신을 살피던 도중 분신의 손에 쥐어진 무언가가 빛을 반사했다. 금속이다. 현준이 금속을 빼기 위해 분신의 손을 만진 순간,

분신의 고개가 번쩍 들리며 현준을 바라보았다.

"으억!"

현준이 기겁하며 뒤로 물러섰다. 아린은 현준의 비명 소리에 반응해 현준을 바라보았다.

"무슨 일?"

"저거, 고개 들었어."

고개를 든 것뿐만이 아니라 눈을 떠서 현준과 아린을 살펴보고 있다.

"마스터?"

"자네들이었구만."

오로라 길드마스터의 목소리다.

그제야 메시아가 말한 '너희에겐'이라는 단어의 뜻을 이해할 수 있었다. 만약 다른 이가 여길 찾아왔다면 마스터의 분신이 달려들었을 것이다.

"어떻게 된 겁니까?"

"간단히 말하자면 다 자네 덕이라네. 무슨 짓을 하고 돌아다니는 건가?"

현준이 마스터와 대화를 시작하자 아린은 신경을 끄고

서재를 둘러보았다. 현준 또한 아린에게서 시선을 떼고 마스터를 바라보았다.

무슨 짓.

한 문장으로 정리하자면 어둠의 조정자들의 돈세탁 기관을 박살 내고 A구역의 연구실을 박살 냈다.

모든 것을 다 말해줄 순 없는 노릇. 현준이 어색한 미소를 지으며 말했다.

"그러게요."

"듣자 하니 윗선, 그것도 제일 꼭대기들한테 미운털이 단단히 박혔다던데, 그보다 자네가 불도깨비 맞나?"

갑자기 들어온 직구에 현준의 얼굴이 굳었다. 마스터는 껄껄 웃었다.

"예상은 하고 있었네만 맞는 모양이구만. 뭐 어쨌거나 자네 덕에 오로라가 박살 났네. 어디서 정보가 샜는지는 모르겠지만, 자네가 오로라 소속이라는 소문이 남과 동시에 사방에서 쳐들어오더군. 개자식들."

마스터가 입술을 씹었다.

이런 상황이라면 현준을 욕하며 멱살을 잡아도 할 말이 없다. 그런데 마스터는 현준을 욕하는 대신 쳐들어온 이들을 욕하고 있었다.

그렇다는 것은…….

"혹시 말입니다. 정부와 한 계약이 깨진 겁니까?"

순간 마스터의 눈에 살기가 서렸다가 사라졌다. 그리곤 자조했다.

"눈치가 빠른 친구구만. 맞네. 제대로 당했지."

토사구팽(兔死狗烹).

사냥철이 지난 뒤 사냥개는 버림당하게 마련이다. 심지어 사냥개가 자신보다 높은 신분의 사람을 물어버렸으니 재빨리 숨통을 끊어놔야 하지 않겠는가.

"그렇군요. 근데 그건 뭡니까?"

현준이 마스터의 손에 들린 금속을 가리키며 물었다. 마스터는 손바닥을 펴서 내용물을 보여주었다.

USB다.

그것도 굉장히 구식으로 요즘에는 보기 힘든, 직접 연결해서 데이터를 주고받는 형식의 USB. 원거리 해킹이나 보안성이 뛰어나긴 하지만 컴퓨터에 직접 연결해 바이러스를 심을 수 있는 위험성에 도태되고 만 기종이다.

"요즘도 이런 걸 쓰는 사람이 있습니까?

"자네 앞에 있지 않은가."

"어쨌든 뭐가 담겨 있기에 분신까지 두고 가셨습니까?"

"아주 중요한 것."

문득 궁금증이 일었다. 현준은 주머니에 손을 넣어 외 안경을 만지작거렸다. 이걸 쓰면 메시아가 저 데이터를 해킹할 수 있지 않을까?

그때 마스터가 말했다.

"자네, 어둠의 조정자들이라고 아는가?"

외 안경을 만지작거리던 현준의 손이 멈췄다.

"…예."

"하긴, 그자들이 자네를 노리고 있는데 자네가 모를 리 없지."

마스터는 '흐음' 하고 비음을 내며 USB를 만지작거렸다.

"혹시 말일세."

"예."

"자네, 나와 동업해 볼 생각 있나?"

가만히 있던 아린의 고개가 휙 소리가 나게 돌아갔다. 아린이 빠른 걸음으로 걸어와 현준의 앞에 서서 말했다.

"내 거야."

마스터의 미간이 구겨졌다.

"뭐?"

"다른 사람이랑 동업하게 안 둔다고."

마스터의 고개가 모로 꺾이며 현준을 바라보았다.

"무슨?"

"오해이긴 한데… 오해… 맞습니다."

마스터는 더욱 아리송한 표정이 돼서 현준과 아린을 번갈아보았다.

"됐고, 받게나."

마스터가 현준에게 USB를 던졌다. 날아오던 USB를 아린이 중간에서 낚아챘다.

"뭐야?"

"정보일세. F구역 어둠의 조정자들에 대한."

"조정자 '들' 말입니까?"

"다른 구역의 조정자들은 몰라도 F구역의 조정자는 한 명이 아닐세. 네 명이지."

"그게 무슨……."

"말 그대로 넷일세. F구역은 조정자가 설 만큼 돈이 되질 않거든. 그래서 넷이 연합을 맺고 구역을 관리하고 있다네. 돈이 되질 않는다 해도 우리 같은 사람들은 상상할 수도 없는 금액이겠지만 말이야."

현준은 아린의 손에 들린 USB를 바라보았다.

"저기에 그들의 정보가 담겨 있는 겁니까?"

"그렇다네."

"감사합니다. 일단 우리의 적은 같은 것 같군요."

"알겠네. 그리고 불도깨비에게 걸린 현상금이 50억일세.

몸조심하게나."

"감사합니다."

현준이 인사하자 마스터의 분신의 전원이 꺼졌다. 아린
은 분신이 마음에 들지 않는지 손가락으로 머리를 통통 밀
었다.

그러자 마스터의 머리가 번쩍 들리며 아린을 노려보았
다.

"뭐하는 짓이냐?"

아린은 흠칫했지만 내색하지 않고 팔짱을 끼며 말했다.

"마음에 안 들어서."

마스터는 쯧 하고 혀를 차고선 현준을 바라보았다.

"고생하게나."

아린이 뭐라 반박하기도 전에 분신의 전원이 다시 꺼졌
다. 아린은 분신의 머리를 손가락으로 툭툭 치며 구시렁거
렸다.

현준은 그녀의 뒷모습을 보며 외 안경을 꺼내 들었다.

"메시아, USB 원거리 분석 가능해?"

—가능하도다.

"얼마나 걸려?"

—사용자가 식사를 마치고 올 동안 분석을 끝내놓도록
하겠노라.

"그래."

생각해 보니 오로라 길드에 온 것은 식사를 하기 위해서다. 현준은 그제야 원 목표를 깨닫고는 아린을 불렀다.

"여긴 왜 들어온 거야?"

"밀실이 있길래."

지극히 아린다운 대답에 현준은 고개를 휘휘 저었다.

"그래, 나가자."

"잠깐만."

아린은 서재에서 몇 권의 책을 꺼내 품에 안았다.

"뭔데?"

"쓸모 있는 것들."

책의 겉에는 아무것도 쓰여 있지 않았다. 책을 챙긴 아린이 앞장서서 지하를 빠져나가고 현준 또한 그녀의 뒤를 따라 밖으로 나왔다.

"무슨 책인데?"

"기록."

오로라 길드에 있는 것이니 오로라 길드에 대한 기록일 것이다. 책의 분량을 봐서는 오로라가 아닌 폴라리스 시절부터의 기록일 수도 있겠다는 생각이 들었다.

그렇다면 마스터가 정부와 한 계약도 어느 정도 윤곽을 잡을 수가 있다. 거기까지 생각하자 아린이 사뭇 다르게 보였다.

그리고 알 수 없는 자괴감이 들었다.

아린이 단어를 말하면 해석을 하는 게 어느새 익숙해지다니.

현준은 고개를 휘휘 저어 상념을 털어버리고는 주방으로 향했다.

"불은… 끊겼고, 물은 나오는군."

불은 현준의 능력으로 해결할 수 있으니 괜찮았다.

"장 보러 가자."

아린이 기대 가득한 눈으로 고개를 끄덕였다.

강아지 같아.

속으로만 생각한 현준은 아린과 함께 마트로 향했다.

마트에 도착한 현준은 파스타의 재료를 골랐다. 아린은 신기하다는 눈길로 마트 안을 살피며 현준의 뒤를 따랐다.

F지구의 마트는 구시대의 마트 그대로의 모습을 유지하고 있었다. 사람을 쓰는 것이 자동화 로봇을 구비하거나 직접 분류하고 배송하는 것보다 저렴했기 때문이다.

"왜 그래? 마트 처음 오는 사람처럼."

"맞아."

"처음 와?"

"응."

현준의 뒤에서 걸어오던 아린이 걸음을 멈추었다.

"저건 뭐야?"

아린이 가리킨 곳에는 판매원 아주머니가 냉동 군만두를 구워 자르고 있었다.

"시식 코너. 사기 전에 미리 맛보고 사라는 거야."

아린은 고개를 끄덕이고는 로봇의 앞에 놓인 군만두를 하나 집어먹었다. 입맛에 맞는지 로봇 앞에 놓인 군만두를 모두 집어먹은 아린이 로봇을 바라보았다.

더 내놓으라는 무언의 눈초리였지만 로봇이 알아챌 리 만무했다.

로봇은 느릿한 손길로 만두를 굽고 잘랐다. 그때마다 아린은 앞에 놓이기 무섭게 군만두를 집어먹었다.

그 모습을 지켜보던 현준은 냉동 군만두 한 봉지를 카트에 실었다.

"이제 가자."

아린은 아쉬운 듯 입맛을 다시곤 현준의 뒤를 따랐다.

과일도 살까 고민하던 찰나, 아린이 사과를 하나 들고 베어 물었다. 가판대에 서 있던 직원 하나가 다가와 말했다.

"손님, 계산 전에 물건을 드시면 안 됩니다."

그제야 상황을 본 현준이 당황해서 사과를 여러 개 담고 아린이 들고 있던 사과까지 봉투에 담았다.

"죄송합니다."

아린은 사과를 뺏겨 뚱한 얼굴로 현준을 바라보았다.

"왜 뺏어?"

"저건 먹는 거 아냐."

"사관데?"

"어… 시식 코너랑은 다른 거야."

"왜 달라? 이것도 먹으라고 둔 거잖아."

"저렇게 시식 코너로 만들어놓은 것만 먹을 수 있는 거
야."

아린은 아리송한 얼굴로 시식 코너와 가판대를 번갈아
보았다.

현준은 아파오는 관자놀이를 꾹 누르며 아린의 손을 잡
아끌었다. 파스타 재료는 다 담았기에 바로 계산을 하고 나
왔다.

"가서 밥이나 먹자."

"좋아."

길드 아지트로 돌아온 현준은 요리를 시작했다. 아린은
그의 뒤에 있는 식탁에 앉아 현준이 요리하는 모습을 바라
보다 뜬금없이 말했다.

"요리하는 남자는 좋은 남편감이래."

현준은 당황한 나머지 불을 꺼뜨렸다가 능력을 이용해 다시 불을 켜며 물었다.

"뭐?"

"요리하는 남자는 좋은 남편감이래."

"누가 그래?"

"좋은 남편감이란 이런 것이다."

현준의 미간이 찌푸려졌다.

"그게 뭔데?"

"책."

아린이 자신의 핸드폰을 꺼내 현준에게 보여주었다. 핸드폰으로 책을 읽는 모양인지 E—Book 서재에는 '좋은 남편감이란 이런 것이다' 라는 해괴한 제목의 책 외에도 수많은 책이 있었다.

역사서부터 전쟁론, 고전 소설, 로맨스까지.

"세상에! 너, 책도 읽어?"

"많이."

"여기 있는 거 다 읽은 거야?"

"12,399권 전부."

현준의 입이 쩍 벌어졌다. 현준이 지금까지 읽은 책은 제목과 글자 수를 다 합쳐도 12,000자가 안 될 것 같았다.

"의외로 책을 많이 읽는구나?"

"의외? 왜?"

"그냥 그런 이미지야."

"어떤 이미지?"

현준은 눈앞에 있는 아린이 아닌, 자신의 머릿속에 있는 아린을 끄집어내 보았다.

자신보다 약한 남자에겐 말도 걸지 않는 여자.

파스타를 좋아하는 여자.

의외의 귀여움이 있는 여자.

거기에 책을 많이 읽는 여자가 추가되었다.

이대로 말해줄 순 없어 현준이 말을 고르는 사이 파스타가 완성되었다.

"자, 먹자."

아린이 잠시 눈을 흘기긴 했지만 파스타의 유혹 앞에 결국 무너졌다.

"역시 맛있어."

식사를 마치고 뒷정리를 하려 현준이 일어나자 아린이 말했다.

"내가 할게."

"그래."

현준은 묘한 감동을 받으며 다시 자리에 앉았다. 그러곤

이런 것 하나하나에 감동을 받는 자신의 처지에 슬퍼졌다.

　―사용자여.

"어?"

　―F구역 어둠의 조정자들을 찾아냈노라. 사용자가 제공한 정보에는 F구역 어둠의 조정자들 신상이 있었노라. 매우 귀중한 정보다. 정보를 건네준 사람에게 감사하라.

"이미 했다. 신상이라면 어디까지?"

　―이름과 사진, 사는 곳과 거주 반경까지 나와 있도다.

가만히 이야기를 듣던 현준의 눈이 번쩍 뜨였다.

"그럼?"

　―지금이라도 잡을 수 있다는 소리다.

현준은 곧장이라도 달려갈 기세로 자리에서 일어났다.

　―사용자여, 조급해하지 말지어다.

"왜?"

　―이것들은 철저히 점조직으로 구성되어 있도다. 그렇다는 것은 하나를 공격하는 순간 나머지 세 개의 꼬리가 사라진다는 뜻이도다.

"그래서?"

　―일주일만 참고 기다리면 사용자와 아린, 그리고 내 서브 AI들이 동시에 네 곳을 덮칠 수 있도다. 그럼 하나의 꼬리도 남기지 않고 일망타진이 가능하도다.

"너의 서브 AI들이 그렇게 강력해?"

─아홉 기의 서브 AI, 그리고 내가 나서면 A구역의 군대와도 전쟁이 가능할지어다.

말도 되지 않는 자신감에 현준의 미간이 찌푸려졌다.

A구역을 지키는 군대는 일반 군대가 아닌 전신개조자 부대이다. 게다가 숫자 또한 백 단위를 훌쩍 넘는데 그걸 고작 열 기의 AI로 박살 내겠다니.

"신용이 안 가는데?"

─믿을지어다. 내 이름은 메시아. 너의 서포터일지니.

"오냐."

통신을 끊자 아린이 현준을 바라보고 있다.

무슨 일이냐고 묻는 눈빛이다.

"F구역 어둠의 조정자들을 찾아냈대."

"안 가?"

"일주일만 있다가."

아린은 별다른 의문 없이 고개를 끄덕이곤 현준의 앞에 앉아서 핸드폰을 꺼내 들었다. 현준은 아린의 모습을 구경하다 고개를 돌려 창밖을 바라보았다.

가장 큰 목표.

아버지, 그리고 우리 가족을 나락까지 떨어뜨린 부통령과 그 패거리를 몰락시키는 것이다. 그전에 해야 할 것이 F구역부터 A구역까지 총 여섯 개 구역에 있는 어둠의 조정자를 모두 없애는 것.

다시는 자라날 수 없도록 씨앗까지 모두 발본색원할 작정이다.

그리고 모든 부정부패를 개혁해 버릴 것이다.

같은 노력을 해도 누구는 못살고 누구는 잘살며, 인간의 목숨을 파리처럼 여기고 실험하는 세상을 뒤집어놓을 것이다.

지금 현준이 가진 힘이라면 충분히 해낼 수 있을 것이다.

게다가 자칭 최고의 초 인공지능 메시아까지 있으니 든든하기 그지없었다.

현준의 시선이 다시 아린에게로 향했다.

이 아이는 어째서 나를 돕고 있는 거지?

현준의 시선이 느껴지는지 아린이 고개를 들곤 물었다.

"왜?"

"넌 왜 나를 도와?"

"남편."

현준이 피식 웃음을 터뜨렸다.

"그게 다야?"

"응. 현명한 아내가 되는 법에서 그랬어. 남편이 하는 일을 도우라고."

그것 또한 책의 제목일 것이다.

"그래, 고맙다."

아린은 입꼬리를 올렸다가 내린 뒤 다시 핸드폰으로 시선을 돌렸다. 나름 미소라고 지은 모양이다.

객관적으로 보아도 아린은 강력하다.

신체를 개조하지 않고서 홀로 전신개조자를 상대할 만큼 강하니 더 말할 필요가 없다.

하지만 그 수가 많다면? 군대를 상대한다면?

아린은 다치거나 심한 경우 죽음에 이를 수도 있었다. 그렇게 되지 않기 위해서 아린은 강력해져야 한다.

현준은 테이블을 손가락으로 탁탁 두들기다 메시아를 불렀다.

─불렀는가, 사용자여.

"전에 마스터의 분신이 사용하던 에너지장 발생기 알지?"

─기억하고 있도다.

"그것보다 강력한 에너지장 발생기를 구할 수 있을까?"

─사용자에겐 도움이 되지 않는 물건이도다.

"내가 쓸 거 아냐."

─아린을 줄 물건인가?

"응."

―신체를 개조하지 않고 그만큼의 출력을 내는 것은 불가능하도다, 사용자여.

"네 기술력으로도?"

메시아는 대답하지 않았다. 현준은 차분히 기다렸다.

―나의 몸, 그리고 서브 AI 아홉 기를 만들고 나면 11억 가량의 돈이 남는다, 사용자여. 이것을 모두 투자한다면 나 메시아가 만들어낼 수 있도다.

"그렇게 해."

―알겠도다.

11억.

현준은 고개를 휘휘 저었다.

돈이야 다시 벌면 된다지만 아린은 한 번 죽으면 끝이다. 게다가 아린이 다치기라도 한다면 용병왕이 가만있지 않을 것이다.

"얼마나 걸려?"

―서브 AI와 함께 준비할 수 있도록 해보겠노라.

"그래, 고생해."

통신을 끊고 현준이 아린을 보며 말했다.

"이제 뭐 하지?"

아린은 자신에게 하는 말이 아니라 생각했는지 핸드폰에서 시선을 떼지 않았다. 현준은 다시 한 번 말했다.

"아린, 우리가 일주일이 남거든. 그동안 뭐할까?"

"…훈련?"

현준은 고개를 저었다.

"마지막 휴가야. 이 휴식이 끝나면 내 목표를 이룰 때까지 쉴 시간 없을걸."

아린은 내 목표가 뭔지 궁금하지도 않은지 눈동자를 굴렸다.

"뭐하고 싶은 거 있어?"

"휴가, 해본 적 없어."

휴가를 단어의 뜻 그대로 받아들인 아린 덕에 현준이 미소를 지었다.

"그럼 이번에 한번 가보자."

이 휴가 뒤에는 목표를 이룰 때까지 멈출 생각이 없다. 말 그대로 마지막 휴가였다.

산, 바다.

휴가 하면 대표적으로 떠오르는 것 두 가지다. 하지만 북극에서 누나탁과 함께 보내며 충분한 휴식을 취한 덕에 더 이상 어딘가를 가고 싶다는 생각은 들지 않았다.

가만히 현준을 바라보던 아린이 물었다.

"보통 휴가 땐 뭐해?"

"좋아하는 일을 하지."

아린이 눈을 반짝였다.

"요리 먹고 싶어."

"그럼 나는?"

"요리하는 거 싫어?"

"싫은 건 아닌데……."

"그럼 해줘."

현준은 힘없이 고개를 끄덕였다.

알리오 올리오, 카르보나라 알라 노르마, 알 페스토, 봉골레, 살모네, 볼로네제.

무슨 사람 이름 같지만 전부 파스타의 이름이다.

단 사흘 만에 저 모든 파스타를 만들어본 현준은 질려서 나가떨어졌고, 아린은 행복한 얼굴로 계속해서 젓가락을 움직였다.

"기름 냄새만 맡아도 속이 울렁거려."

"난 신나."

"좋겠다, 그래."

오로라의 길드 아지트는 큰 도움이 되었다. 흔적을 지우기 위해서도 안성맞춤이고 물이 나왔기에 씻고 먹는 데 지장이 없었다.

게다가 위층에는 침대와 숙소까지 있으니 더할 나위 없

었다.

현준과 아린, 두 사람은 아무것도 하지 않고 사흘을 보냈다. 물론 현준은 요리를 하긴 했지만 우주에서 돌아온 뒤로 이렇게 늘어지게 쉬어본 적이 없었다.

"이러다 감을 잃겠는데."

"대련하자."

모든 음식을 다 처리하고 뒷정리까지 마친 뒤 현준의 반대편 소파에 누워 있던 아린이 벌떡 일어나며 말했다.

"대련?"

"찌뿌둥해."

"좋은 생각이야."

현준은 자리에서 일어나 테이블과 의자를 한쪽으로 치웠다. 그러자 꽤 넓은 공간이 생겨났다.

"능력이나 아이템은 사용하지 않고 오로지 맨손 박투. 콜?"

"콜."

아린이 급조된 링의 가운데로 걸어갔다. 현준 또한 그녀의 뒤를 따라 가운데 섰다.

현준이 주먹을 들고 박투술의 기본자세를 취했다.

가상세계에서 병사들을 가르치기 위해 직접 만든 박투술이다. 전장을 누비며 배운 실전의 경험이 녹아 있는 박투술로서 현준이 겪은 모든 전투의 정수가 담겨 있다.

현준의 기세가 바뀐 것을 느낀 아린 또한 자세를 바로하고 기세를 일으켰다.

기세만 따져보자면 아린의 기세는 마왕 바로 아래인 사천왕 급은 될 듯했다.

조용한 거악(巨嶽)의 느낌.

현준이 움직일 기미를 보이지 않자 아린이 선공을 취했다. 짧게 턱을 노리는 공격. 맞는 순간 정신이 아닌 목숨을 잃을 힘이 담겨 있다.

현준은 군이 피하지 않고 손바닥을 들어 막아갔다. 그 순간 아린이 몸을 낮추며 몸을 휘릭 돌렸다.

강력한 뒤돌려 차기!

이건 피할 수 없다.

하지만 아린의 다리는 허공을 갈랐다.

아린의 입꼬리가 꿈틀했다.

발을 이용한 공격은 강력하다. 하지만 그만큼 힘을 내기 위해서는 많은 근육의 움직임을 요하고 공격이 빗나갔을 때의 허점이 크다.

현준은 그 틈을 놓치지 않고 땅을 딛고 있는 아린의 다리를 걸어찼다. 아린은 공격을 피하며 훌쩍 뛰었다.

아린의 몸이 아름다운 호를 그리며 뒤로 물러섰다.

피했다.

아린이 안심한 순간 현준의 주먹이 그녀의 코앞에 닿아 있다.

"1점."

"재수 없어."

현준이 손을 털며 링의 중앙으로 걸어갔다.

"시작."

대련으로 시작한 훈련은 아린의 배가 꺼질 때까지 계속 되었다. 즉 20시간 가까이 몸을 움직이고서야 끝이 났다.

"배고파."

현준은 그녀의 체력에 질리면서도 그 단순함에 감탄했다.

"요리해 줄게."

―사용자여.

현준이 파스타를 만들고 있을 때, 메시아에게서 연락이 왔다.

"어."

―메시아를 경배하라.

무언가 장한 일을 한 모양이다.

"오오, 메시아시어."

현준이 영혼 없는 목소리로 경배하자 메시아가 말했다.

—위대한 메시아께서 에너지 발생 장치를 나흘 만에 만들어냈도다.

"어? 진짜?"

—그렇도다. 곧 도착할 것이다.

"도착? 뭐가?"

—후후후후.

메시아가 웃었다. 웃어?

—사용자는 가슴이 크고 엉덩이가 잘록한 금발의 서구적 미인을 좋아하지. 나는 기억하고 있다, 사용자여.

"갑자기 무슨 헛소리야?"

—곧 알게 될 것이다, 사용자여. 20초 남았도다.

현준은 불안한 마음에 창문을 열고 밖을 바라보았다. 그의 예상은 적중했다. 무언가가 날아오고 있었다.

곧 그 형체가 제대로 보였다.

금발의 검은 눈을 가진 가슴 큰 여자가 현준과 아린이 숨어 있는 길드 아지트로 날아오고 있다.

"저게 뭐야?"

—사용자여, 메시아를 경배하라. 서브 AI 넘버 원 머큐리다.

"머큐리? 수성?"

—그렇도다.

"그럼 넘버 투는 비너스냐?"

─오오, 사용자여, 장족의 발전일지어다.

비너스는 화성이다. 아홉 기의 AI가 있으니 수금지화목
토천해명, 즉 아홉 개 행성의 이름을 붙이기로 한 모양이
다.

"작명 센스가 대단하십니다."

─메시아를 경배하라!

현준이 헛웃음을 흘리는 사이 하늘을 날아온 금발의 미
녀가 길드 아지트의 문을 두들겼다. 현준이 문을 열자 서브
AI 넘버 원 머큐리가 인사를 건넸다.

"안녕하세요, 주인님."

완벽한 취향 저격의 외모. 청바지에 흰 티만 걸쳤음에도
부각되는 몸매. 거기에 미성으로 불리는 주인님이라는 단
어. 현준의 입이 귀에 걸릴 듯 올라갔다.

현준은 입꼬리를 내리기 위해 '흠흠' 하고 헛기침을 하
며 말했다.

"물건은?"

"여기요."

머큐리가 건넨 것은 그녀의 손바닥만 한 검은 상자였다.
보석함처럼 부드러운 소재로 되어 있다.

"이거라고?"

"예. 그럼 사흘 후에 뵐게요."

머큐리는 고개를 숙여 인사한 뒤 뒤로 돌았다.

그리고 날았다.

"뭐야, 저거?"

아무런 기색도 없이 갑자기 하늘로 떠오른 머큐리는 자세를 바로 잡고 메시아가 있는 방향으로 날아갔다.

"어떻게 한 거야?"

ㅡ오오오! 경배하라! 나, 메시아를!

메시아는 자신의 작품이 칭찬받자 기쁜지 평소보다 오버하는 말투로 말했다.

"그래, 잘했다. 신기한데? 전신개조자들도 저런 게 가능한가?"

ㅡ현재 지구의 기술로는 불가능하다. 이것이 모두 나 메시아이기에 가능한 것이노라.

현준은 한숨을 내쉬었다.

"그래도 대단하긴 하네. 다른 것들 진행도는 어때?"

ㅡ서브 AI들은 거의 다 진행되었도다.

"네 몸만 남은 거야?"

ㅡ그렇도다.

"그런데 진짜 사람 같네. 나머지 여덟 명도 다 여자야?"

ㅡ그렇지 않다. 하지만 사용자가 원한다면 그렇게 해주

겠노라. 나는 완벽한 서포터. 사용자가 원한다면 서브 AI들에게 원하는 기능을 달아줄 수도 있노라.

"기능?"

―사용자의 컴퓨터에 남아 있던 영상을 재현…….

"닥쳐!"

―좋지 아니한가? 사용자의 판타지를 이룰 수 있…….

"닥치라고."

현준은 자신도 모르게 뒤를 돌아보았다. 혹시 아린이 듣고 있을까 하는 생각 때문이다.

"필요 없으니까 네 마음대로 해."

―알겠도다. 사용자의 의견을 적극 반영하여 나 메시아의 마음대로 하겠노라.

현준의 미간에 주름이 졌다.

제7장

첫 선물

현준은 머큐리에게 받은 상자를 열어보았다.

예상대로 보석이 들어 있다.

흑진주를 감싼 은이 걸린 목걸이였다. 목걸이에 달린 보석은 예쁘긴 했지만 너무 작았다. 기껏해야 새끼손톱, 그보다도 작은 크기다.

"이게 에너지 발생 장치라고? 말이 돼?"

—경배…….

"아오, 그만해."

—알았도다.

전에 길드마스터의 분신이 사용하던 에너지 막 발생 장치는 어른 주먹만 했다. 그런 것도 현준의 불길을 막아내지 못했는데 손톱만 한 것이라니……

이래서는 다른 개조자들의 공격은커녕 총알도 막지 못할 것 같았다.

―지금 사용자는 메시아를 의심하고 있는 것이 분명하도다.

"정답."

―의심하기 전에 사용해 보라. 그리고 메시아를 경배하도록.

현준은 고개를 끄덕였다.

그래, 벌써부터 의심할 필요는 없었다.

"사용법은?"

―착용하면 알게 되노라.

"아무래도 약 파는 거 같은데?"

―무엄하도다.

"쯧."

혀를 찬 현준이 안으로 들어오자 아린의 시선이 현준의 손에 들린 상자로 향했다.

"뭐야?"

현준은 그냥 상자를 건네려다 문득 분위기를 잡고 싶다

는 생각이 들었다. 번갯불에 콩 구워 먹듯 양가의 허락은 받았지만 아직 연애도 시작하지 못했다.

현준은 아린이 좋았다.

아린 또한 그런 기색이다.

이번 기회에 관계를 확실히 정하는 게 좋을 것 같았다.

"아린, 선물이야."

마음을 정한 현준이 상자를 건네자 아린이 상자를 받아 들었다. 아린의 눈이 커졌다. 처음 보는 격한 감정 표현이다.

아린이 상자를 받아 들고 말했다.

"고마워."

떨리는 목소리. 아린은 상자를 손에 올리고선 현준을 바라보았다. 현준은 아린이 상자를 열 때까지 기다렸다.

아린은 상자를 열지 않고 감동받은 눈으로 계속해서 현준의 눈을 바라보았다. 참다못한 현준이 물었다.

"안 열어봐?"

"열어?"

아린은 그제야 상자라는 것을 깨달았는지 '아!' 하는 소리와 함께 상자를 열고 목걸이를 발견했다.

"이것도 선물?"

"그게 선물이야."

아린은 신문물을 받아들인 원주민처럼 조심스러운 손길로 목걸이를 집어 들었다. 그리곤 손바닥 위에 올리고 말했다.

"예뻐."

"목걸이는 알지?"

"응. 엄마도 있었어."

아린은 서투른 손길로 후크를 풀고 자신의 목에 착용했다. 잘 되지 않는지 인상을 썼다. 현준이 미소를 지으며 말했다.

"줘봐. 채워줄게."

현준은 아린에게 목걸이를 건네받고 그녀의 뒤에 섰다.

"머리카락 좀 잡아줘."

아린이 머리카락을 치우자 새하얀 목이 드러났다. 현준은 자신도 모르게 침을 꿀꺽 삼키고는 아린의 목에 목걸이를 걸어주었다.

그 순간 아린이 말했다.

"뭐?"

"응?"

"말했어."

"뭐가?"

아린의 미간이 구겨졌다.

"목걸이가 말을 걸어."

—착용하면 알게 되노라.

메시아의 말이 떠올랐다. 사용법을 알려주는 모양이다.
"그거 에너지장 발생 장치야. 전에 길드마스터의 분신이
사용하던 실드 기억나지? 그런 거."
아린이 고개를 끄덕이며 목걸이와 대화했다.
곧 사용법의 숙지가 끝났는지 아린이 소파에서 일어나
홀 가운데에 섰다.
"사용해 보게?"
"응."
현준이 멀찍이 물러서자 아린이 눈을 감고 양쪽으로 손
을 뻗었다.
그러자 목걸이에서 옅은 빛이 일어나 아린의 몸을 감쌌
다.
너무나도 쉬운 성공이다.
거기서 끝이 아니었다.
한 겹이던 에너지장은 계속해서 중첩되었고, 열 겹을 넘
어서자 아린의 모습이 불투명하게 보일 정도가 되었다.
"현준."

"응."

"공격해 봐."

현준은 자신의 힘의 10% 정도를 이끌어내 불의 파도를 만들어낸 뒤 에너지장을 감쌌다.

"못 버티겠으면 말해."

"응."

10%의 힘을 담은 불이 에너지장에 닿자마자 사그라들었다. 현준은 조금 더 힘을 실었다. 15%, 20%, 25%가 되자 닿자마자 사라지던 불길이 에너지장을 감싸고 파고들기 시작했다.

"그만."

아린의 말과 동시에 에너지장을 감싸고 있던 불길이 사라지고 곧이어 에너지장 또한 사라졌다.

아린은 어느새 땀범벅이 되어 있다.

"어때?"

"배고파서 힘이 안 나. 배부르면 더 할 수 있을 거 같아."

"그래."

고백은 다음으로 미뤄졌다.

＊　　　＊　　　＊

사흘이 더 지났다.

오로라 길드 아지트의 홀.

현준이 불의 검을 든 채 아린을 바라보고 있다.

"간다."

아린이 고개를 끄덕인 순간 현준이 벼락같은 속도로 아린을 향해 쏘아갔다. 아린은 침착하게 손을 들어 현준의 검을 받았다.

당장 손이 잘려나가도 이상하지 않을 상황.

아린의 손에 투명한 막이 생기며 불길을 잡아먹었다. 그와 동시에 반대편 손에 반투명한 검이 생겨났다.

현준은 검을 포기하고 몸을 숙여 아린의 검을 피했다.

웅 하는 소리와 함께 대기가 찢어지고 현준의 뒤에 있던 벽이 반으로 쪼개졌다.

"출력 조절!"

아린이 입술을 씹고선 뒤로 물러났다.

"그러다 민간인까지 죽이겠다."

"어려워."

"다시!"

이번엔 아린이 먼저 달려들었다. 온몸에 투명한 막을 휘감은 아린은 양손에 반투명한 검을 들고 현준을 향해 휘둘렀다.

한쪽은 장검, 한쪽은 단도.

상대하기 여간 까다로운 방법이다. 거리를 벌리면 장검으로 상대하고 조금이라도 틈을 주는 순간 단검이 파고들었다.

체술만 봐서는 아린도 현준에 버금갔다.

한바탕 격전을 치른 두 사람은 동시에 힘을 거두었다.

"이 목걸이, 대단해."

"그럼. 누구 선물인데."

"현준이 준 거."

현준이 대답을 바란 건 아니었지만 칭찬 같은 말에 괜히 기분이 좋아졌다.

"고마워."

"아냐."

그때, 강대한 기운이 느껴졌다.

아린 또한 같은 것을 느꼈는지 반사적으로 에너지장을 일으켰다.

"뭐지?"

현준은 눈을 감고 감각을 극대화시켰다. 총 열 개의 강대한 기운이 아지트를 감싸고 있다.

들킨 건가?

전신개조자들에게도 느껴보지 못한, 가상세계의 마왕에

게서나 느끼던 위압감이 현준의 뒷골을 서늘하게 만들었다.

"강해."

현준은 차분히 힘을 일으켰다.

선수필승!

현준이 문을 박차고 나간 순간,

"…머큐리?"

열 사람이 문 앞에 서 있다. 개중 익숙한 얼굴 하나가 보인다. 메시아가 제일 먼저 선보인 서브 AI 넘버 원 머큐리다.

어린 사내아이 하나와 각양각색의 사람 아홉 명.

그렇다는 것은…….

"메시아?"

현준이 덩치가 큰 사내를 보고 물었다. 대답은 엉뚱한 곳에서 튀어나왔다.

"그렇도다!"

사내아이가 한 걸음 앞으로 나서며 양팔을 벌렸다.

"나 메시아가 드디어 현세에 강림했노라!"

현준은 헛웃음을 흘렸다. 170cm가 될까 말까 한 어린아이가 사극에서나 쓰는 말투로 말하고 있으니.

"완성했구나."

"나는 빈말을 하지 않는다, 사용자여."

현준은 메시아를 포함한 열 명의 사람을 바라보았다. 아지트 안에서 느낀 강대한 기운은 이들이 뿜어낸 것이 분명했다.

하지만 지금은 언제 그랬냐는 듯 조용한 호수가 되어 있었다.

A지구의 군대와도 싸울 만하다는 메시아의 말.

거짓이 아니었다.

"도대체……."

"사용자에게 인사를 올리어라, 나의 종속들이여!"

종속? 웃기도 전에 각양각색의 사람들이 한쪽 무릎을 꿇으며 말했다.

"마스터께 인사 올립니다!"

현준은 척추를 따라 소름이 돋는 것을 느꼈다. 현준은 뒷목을 주무르며 메시아에게 말했다.

"설마 너, 중2냐?"

한바탕 해프닝이 끝나고 홀에 모인 사람들을 보며 아린은 마음에 들지 않는 듯 눈을 흘겼다.

"너무 많아."

"무엄하도다."

아린과 메시아의 눈빛이 마주쳤다.

"저게 메시아야?"

"저거라니?"

우라노스, 그러니까 넘버 7의 AI가 발끈하며 일어섰다. 구릿빛 피부에 2m는 될 법한 덩치의 우라노스가 기세를 일으켰지만 아린은 눈길조차 주지 않고 메시아를 노려보았다.

"앉아라."

메시아가 말하자 우라노스가 바로 눈을 내리깔고 의자에 앉았다.

"아린, 그러니까 이 인간 여성은 사용자의 부인이다."

현준은 그러려니 하고 고개를 끄덕였다. 아린은 왜인지 눈을 피했다. 부끄러운가?

"즉 너희들은 아린의 명령에 복종해야 하며, 사용자와 같이 예의를 갖추어 대하여야 하느니라."

"예."

메시아의 말이 끝남과 동시에 아홉 명이 한목소리로 대답했다. 이게 어디를 봐서 AI란 말인가.

누가 봐도 사람이지.

"메시아."

"왜 부르는가?"

"이거 다 네가 컨트롤하는 거야?"

"전부 독자적인 AI를 보유하고 있도다."

"다행이네."

만약 혼자 모든 것을 컨트롤했다면 메시아의 혼자 노는 능력에 감탄을 하다못해 소름이 돋았을 것이다.

현준은 박수를 두 번 쳐 모두의 이목을 집중시킨 뒤 말했다.

"자, 오늘이 디데이야. 다들 메시아에게 들어서 알겠지만, F지구 어둠의 조정자들을 일망타진하는 게 우리의 목표지."

다들 들어서 알고 있는지 고개를 끄덕이거나 서로를 바라보았다. 같은 말에 반응하는 모양새가 전부 달랐다.

아무리 봐도 사람인데. 왠지 모를 위화감에 현준은 입술을 적시곤 말을 이었다.

"작전은 메시아가 짠 대로 나 혼자, 메시아와 아린, 그리고 플루토가 한 조, 나머지는 넷씩 나눠서 한 번에 기습한다. 이의가… 없겠군. 질문도 없지?"

"넵!"

저들은 모두 하나나 다름없었다. 메시아가 따로 말을 하지 않아도 생각만으로 통하는 존재이고 나머지 아홉끼리의 관계도 마찬가지였다.

그때 아린이 메시아를 검지로 가리키며 물었다.

"나, 저거랑 가?"

"저거라니? 무엄하도다!"

메시아는 이 상황을 즐기는 듯 미소를 띠고 역정을 내는 척하고 있었다. 중2병이 확실하다.

"응. 메시아와 플루토가 널 서포트할 거야. 플루토가 누구지?"

제일 구석 의자에 앉아 있던 검은 단발의 여성이 손을 들었다. 단아한 인상에 온통 검은색 옷을 입은 여자이다.

아린은 팔짱을 끼고서 마음에 들지 않는다는 듯 불만 가득한 눈빛으로 플루토와 메시아를 보았다.

메시아는 짐짓 화난 척 투덜거렸지만 아무리 봐도 어린아이가 장난을 치는 모양새다.

현준은 다시 한 번 박수를 치며 말했다.

"긴장을 안 하는 건 좋지만 긴장감이 아예 없는 건 독이 될 수도 있어. 다들 조금씩 긴장하고 실수 안 하도록 조심해. 얼굴은 다들 숙지하고 있을 테고. 어둠의 조정자 네 명을 제외한 나머지는 알아서 처리하고 그 네 명만 여기로 데려오는 거다."

"넵."

"응."

"그렇게 하지."

"그럼 작전 시작."

말을 마침과 동시에 열두 사람이 홀에서 사라졌다.

*　　　*　　　*

F구역 외곽, 즉 서울의 중심부에서 가장 먼 곳에 위치한 폐공장. 멀리서 보아도 으스스한 외관을 가진 장소이다.

"악취미야."

돈을 주고 살라고 해도 이런 곳에서는 살 수 없을 것 같았다. 현준은 잡생각을 털어버리고서 입구를 향해 걸어 들어갔다.

"근데 너 거기 있으면서 나를 서포트할 수 있냐?"

─의심하지 말지어다.

메시아는 빈말을 하지 않는다. 그리고 메시아가 서포트를 해주지 않는다고 해도 타깃을 놓칠 현준이 아니다. 알고 있지만 그래도 혹시나 하는 생각이 드는 건 어쩔 수 없었다.

"그래, 믿는다."

말을 마친 현준이 폐공장 입구를 두들겼다.

"계세요?"

폐공장의 문이 열리며 귀에 거슬리는 욕설이 쏟아져 나왔다.

"어떤 미친놈이······."

"죽고 싶어?"

"자살하고 싶으면 다른 데 알아봐라."

현준은 씩 미소를 지었다.

"여러분, 불도깨비가 왔습니다."

폐공장의 모습과 함께 십수 명의 개조자가 모습을 드러냈다.

그리고 그들의 눈에 도깨비 가면을 쓴 사람의 모습이 가득 찼다.

도깨비 가면과 외 안경, 시대를 착오한 듯한 삼베옷, 그리고 양손 가득히 피어오르는 불꽃. 기세등등하게 등장한 개조자들의 걸음이 멈췄다.

"불··· 도깨비."

살인, 강간, 방화, 사기,

현준의 눈에 보이는 개조자 중 네 가지의 죄목이 없는 인간이 없었다.

평정심을 유지하던 현준의 눈이 화에 휩싸였다.

"인간보다 못한 쓰레기 같은 새끼들."

내가 목숨을 빼앗아도 될까, 이 사람은 나처럼 누명을 쓰진 않았을까, 사정이 있진 않을까 하는 생각이 있었다.

하지만 처음 마주친 이들이 현준의 모든 고민을 털어주었다.

현준은 거침없이 불길을 일으켰다.

"위치."

─지하 4층에 있도다.

웹상에 연결된 모든 카메라, 혹은 마이크가 달린 기기는 메시아의 손 아래 있다고 보아도 무방했다.

현준은 막아서는 이들을 불길을 일으켜 태워 버리며 전진했다. 도망가는 이들 또한 가만두지 않았다.

근묵자흑(近墨者黑).

어둠의 조정자들 밑에서 일하는 이들 또한 그들과 다를 것 없다.

사회악이자 절대 악인 존재들.

개조자들은 나름의 능력을 발휘하며 현준의 앞을 막아섰지만 현준의 걸음을 멈출 수 있을 만한 힘을 가진 이는 없었다.

지하로 통하는 엘리베이터 앞에 선 현준이 말했다.

"밖으로 통하는 통로가 이거 하난가?"

─계단이 하나 더 있도다.

현준은 고개를 끄덕이고는 손에 불길을 응축시켰다.

쾅! 콰쾅!

그리곤 엘리베이터를 터뜨려 버렸다.

이제 밖으로 통하는 출구는 계단 하나뿐. 현준이 계단을 향해 걸음을 옮기면서 사방으로 불을 뿜었다.

폐공장 전체를 태워 없애 버리려는 속셈이다.

불이 붙지 않을 것처럼 생긴 콘크리트도 현준의 불길이 닿자 순식간에 녹으며 발화의 촉매가 되었다. 현준은 온몸에서 불을 일으키며 계단을 걸어 내려갔다.

지하 1층.

매캐한 냄새와 함께 새하얀 가운을 입은 이들이 불의 화신이 된 현준을 바라보았다.

―마약 제조 공장이도다. F구역에 도는 마약의 60%는 이곳에서 생산된다고 해도 믿을 정도의 크기도다, 사용자여.

현준은 메시아의 말이 끝나기도 전에 지하 1층 전체를 불태워 버렸다. 순식간에 지옥도가 펼쳐졌다.

"끄아아악!"

"살려줘!"

지하 2층, 3층 또한 범죄의 온상이었다. 마약과 총기류 등 온갖 불법적인 물건이 지천에 널려 있고 판매를 위한 포장을 하고 있었다.

"얼마나 썩은 거야, 도대체?"

─다른 구역에서 하지 못하는 범죄를 대놓고 해도 걸리지 않는 구역이니… F구역이 유독 심하다고 볼 수 있도다.

현준은 미간을 찌푸리면서 불길을 더욱 키웠다.

모든 층을 태워 버린 현준은 지하 4층으로 내려가는 계단 앞에 섰다.

여기서부터는 어둠의 조정자의 공간인지 거대한 철문으로 막혀 있었다. 현준은 코웃음을 치며 손을 뻗었다.

현준의 손에서 뿜어져 나오던 불꽃의 색이 붉은색에서 주황색으로, 이어서 노란색이 되더니 백색의 불꽃이 되었다.

눈으로 보아서는 아지랑이로만 보이는 불꽃이 철문에 닿는 순간 쇳물이 줄줄 흐르며 현준이 통과할 만한 공간이 생겨났다.

현준이 철문을 통과하며 쇳물이 현준의 어깨로 떨어졌다. 하지만 쇳물은 현준의 몸을 감싸고 있는 불길을 통과하지 못하고 기화되었다.

지하 4층에 도착한 현준은 몸을 감싼 불꽃을 꺼뜨렸다.

이곳의 기둥이 불에 녹아 건물이 무너져 버린다면 자신은 상관없지만 어둠의 조정자가 목숨을 잃을 수도 있기 때문이다.

거대한 침대, 그리고 천장을 가득 메운 스크린이 제일 먼저 눈에 들어왔다. 거대한 침대에는 나체의 여인들이 무방비 상태로 누워 있다.

전부 다 흐리멍덩한 눈을 하고 있는 것이 약에 찌들어 있는 것이 분명했다.

그리고 여인들의 가운데 상반신 전체가 금속으로 되어 있는 외국인 남자가 누워 있다. 어둠의 조정자가 분명했다.

그는 지금 무슨 일이 일어나는지도 모르는 채 코까지 골아가며 잠들어 있었다.

"어이가 없군."

현준은 건물을 불태우고 있는 모든 불길을 흡수했다. 찰나가 지나기도 전에 금방이라도 폐공장을 삼켜 버릴 것 같던 업화가 꺼졌다.

흡수한 업화를 다시 일으킨 현준은 불길을 조종해 모든 여인을 감쌌다.

몸에 있는 불순한 기운을 태우는 작업이 한동안 지속되었다. 마약에 찌들어 있던 기간에 따라 여인들의 동공이 하나씩 맑아지기 시작했다.

깨어난 여인들은 자신의 몸을 감싸고 있는 불길을 보고 비명을 지르며 침대를 굴렀다. 그러다 자신을 해치지 않는다는 것을 깨닫고는 불길의 근원지인 현준을 바라보았다.

"누구… 세요?"

현준은 대답하지 않고 작업을 계속했다. 모든 여인의 정화 작업이 끝나자 현준은 불길을 거두어들이고 말했다.

"나가서 새 삶을 사십시오."

어물거리던 여인들은 한 명이 필두로 뛰쳐나가자 그녀의 뒤를 따라 지하를 빠져나갔다.

마지막 한 명의 여인이 남았을 때, 그녀가 현준에게 말했다.

"감사합니다."

맨 처음 현준의 이름을 물은 여인이다.

"나가십시오."

그녀는 고개를 꾸벅 숙이곤 지상으로 향했다. 여인들이 떠나고 나자 어둠의 조정자와 현준 두 사람만 지하에 남았다.

여인들이 움직이며 일어난 소란에 어둠의 조정자가 눈을 껌뻑이며 말했다.

"물!"

아무런 반응이 없자 어둠의 조정자가 짜증 섞인 목소리로 다시 외쳤다.

"물 가져오라고!"

안하무인(眼下無人).

얼마나 오랜 기간 권력에 찌들어 있었을까. 얼마나 많은 사람들의 고혈을 빨아먹고 목숨을 취해야 저런 안하무인의 모습이 몸에 배는 걸까.

현준의 생각을 아는지 모르는지 어둠의 조정자가 천천히 몸을 일으켜 주변을 살폈다. 그리곤 비릿한 미소를 지으며 현준에게 말했다.

"이벤트인가? 뭐, 나쁘지 않지. 이리 와."

어둠의 조정자는 직접 몸을 일으켜 물을 마셨다. 그리곤 아직까지 꼼짝하지 않고 있는 현준을 향해 말했다.

"뭐야? 귀머거리야?"

"트램 호르세."

그제야 이상한 낌새를 눈치챈 트램이 미간을 구겼다.

"너, 뭐야?"

"F구역 4인의 조정자 중 하나, 트램 호르세, 마약 제조와 판매, 총기 밀수입, 매춘, 인신매매, 장기 밀매, 불법 개조, 개조 부품 매매… 끝도 없구나."

트램이 들고 있던 물통을 내려놓고서 현준을 향해 걸어오며 말했다.

"누가 보냈지? 이태호? 강영찬? 백해수? 아니면 셋 전부인가? 여기까지 어떻게 들어왔는지는 모르겠지만 너는 내가 잠들어 있을 때를 노려야 했어. 내가 일어난 이상……."

현준의 손에서 일어난 불꽃이 흉포한 채찍이 되어 트램의 양팔을 잘라 버렸다. 부지불식간에 일어난 일에 트램은 자신의 팔이 바닥에 떨어지는 소리를 듣고서야 팔이 잘렸음을 깨달았다.

"이게 무슨……."

다음은 다리.

다시 한 번 휘둘러진 채찍에 양다리가 잘려나갔다. 전신 개조자라 과다 출혈이나 절단에 의한 쇼크로 죽을 걱정을 하지 않아도 된다는 점이 이렇게 좋을 수가 없었다.

얼굴 또한 뇌를 제외한 모든 부분이 기계인지 현준의 채찍이 지나가며 타버린 피부 밑으로 금속이 보였다.

순식간에 사지가 잘려 버린 트램은 쿵 소리와 함께 바닥으로 쓰러졌다.

"어?"

트램은 무슨 일이 벌어진 것인지 아직도 받아들이지 못하고 있었다. 현준은 그의 머리칼을 붙잡았다. 그리곤 계단을 통해 걸어 올라갔다.

텅! 텅!

트램의 몸이 계단에 끌리며 쉿소리를 냈다.

"이런 씨발!"

"이거 안 놔?"

"너 이 개새끼, 내가 누군 줄 알고!"

트램은 층을 올라갈수록 말수가 적어졌다. 불타 버린 자재와 부하들. 얼마나 고온이었으면 모든 것이 벽과 달라붙어 있다.

트램은 그제야 자신을 조각낸 불의 채찍을 기억해 냈다.

"맙소사……!"

"말도 안 돼."

"모두 네 짓이냐?"

머리칼을 붙잡힌 채 질질 끌려가는 와중에도 트램은 당당했다. 자신이 처한 상황을 이해하지 못하는 듯했다.

폐공장 밖으로 나온 현준은 트램을 팽개치고 불길을 일으켰다.

현준의 가슴에서 시작된 불길이 현준의 온몸을 휘감았다가 손을 통해 밖으로 빠져나왔다. 백색의 불꽃이 폐공장을 감싸는 순간 이미 다 타버려 더 이상 탈 것도 없을 것 같던 건물이 다시 타오르기 시작했다.

그 모습을 본 트램이 마침내 입을 다물었다.

"불도깨비, 클리어."

―그럼 이쪽을 지원하도록 하거라. 개조자 부품 공장이 있어 아린의 힘만으로는 힘들도다.

"넌 뭐 하는데? 그 플루토라는 애도 있잖아."

─이 위대한 메시아님보다는 백마 탄 왕자가 낫지 않겠
는가?

　"이 상황에 그런 소리가 잘도 나온다. 같잖은 소리 하지
말고 최대한 빨리 끝내.

　─알겠도다.

　몸이 생겼다는 기쁨 덕인지 메시아는 평소보다 흥분한
느낌이다. AI가 흥분이라니. 이제는 몸까지 생겼으니 더욱
AI라는 느낌이 들지 않는다.

　현준에게는 끔찍한 일이 메시아에게는 게임으로 여겨지
는 듯했다. 그러니 백마 탄 왕자 같은 소리를 하겠지.

　나중에 한마디 해야겠어.

　마음을 먹은 현준은 아지트로 향했다.

　현준이 아지트에 도착하고 한 시간이 지날 때쯤 열두 명
의 인원이 모두 도착했다. 그들의 모습을 보며 현준이 말했
다.

　"모두 고생했어."

　"이런 건 일도 아니도다."

　"응."

　현준은 아린을 살펴보았다. 메시아의 지원 요청에 조금
걱정을 하긴 했지만 먼지 한 톨 묻지 않은 모습을 보니 그

냥 엄살이었던 모양이다.

현준은 조정자들을 하나씩 보고서 물었다.

"조정자 하나가 모자란데?"

"조정자 중 하나가 내가 감지할 수 없는 생체 폭탄을 몸속에 넣고 있었노라. 폭탄이 발동된 순간 눈치챘지만 막을 수 없었고, 결국 자폭했도다."

"다친 사람은 없고?"

"무엄하도다. 메시아의 능력을 얕보지 말지어다."

현준을 고개를 젓고서 세 명의 조정자를 바라보았다. 트램을 제외한 두 명은 대한민국 어디서나 볼 수 있을 정도로 평범한 인상의 아저씨들이었다.

"지하로."

현준의 말에 메시아의 아이들 중 셋이 나서서 조정자들을 들쳐 메고 지하로 내려갔다. 메시아와 현준, 아린이 그 뒤를 따랐고, 남은 메시아의 아이들은 주변의 경계를 위해 각각의 자리로 흩어졌다.

지하에 도착한 메시아의 아이들은 어둠의 조정자들을 내려놓고 다시 지상으로 올라갔다. 그러자 메시아가 물었다.

"저 기계 분신은 외부와 커넥트되어 있는 상태도다. 지금은 켜져 있지 않지만 언제라도 우리의 대화를 엿듣고 또 볼 수 있도다. 차단하겠노라"

"아니, 저 사람도 불러야 돼."

현준의 말을 들은 아린이 길드마스터의 분신으로 쪼르르 걸어가 머리통을 톡톡 두들겼다. 그러자 거짓말처럼 길드마스터의 분신 머리가 들렸다.

"무슨 일이지?"

길드마스터의 분신은 바닥에 짐짝처럼 쓰러져 있는 세 어둠의 조정자의 모습을 보고선 쓴웃음을 지었다.

"일주일 만에 모두 처리한 것인가? 대단하구만. 나는 몇 년에 걸쳐서도 하지 못한 일을……."

"정보를 주신 값은 충분히 한 것 같군요."

"충분하다마다."

길드마스터가 현준을 바라보고 말을 이었다.

"자네 눈을 보니 여기서 끝이 아닐 것 같군그래."

"예. 다음은 E구역으로 갈 겁니다."

길드마스터가 허탈한 웃음을 흘렸다.

"진심인가?"

"예."

"F구역과는 차원이 다른 구역일세. 몇 년 동안 F구역 어둠의 조정자들의 정보를 얻기 위해 노력하면서 다른 구역 어둠의 조정자들의 정보도 모았다네. 하지만 조그만 단초

하나 건지지 못했네."

"그래도 해낼 겁니다."

현준이 단호히 말했다.

길드마스터는 천천히 고개를 끄덕이고서 자리에서 일어나 책장으로 향했다. 그는 몇 권의 책을 뒤적이다 하나의 책에서 USB를 꺼냈다.

"다른 구역 어둠의 조정자들에 대한 정보일세. 앞으로 내가 도울 일이 있다면 무엇이든 말하게나. 물심양면으로 돕도록 하지."

"감사합니다."

"감사는 무슨, 내가 감사하지."

"그럼 하나만 묻겠습니다. 정부와 무슨 거래를 하신 겁니까?"

길드마스터는 '흐음' 하는 비음을 흘렸다. 잠깐의 시간이 지나고 길드마스터의 입이 열렸다.

제8장

하태산

"내 이름은 하태산일세."

현준이 담담히 고개를 끄덕이자 길드마스터가 말을 이었다.

"민간인 학살, 나를 막기 위해 온 특수전 부대 학살. 내가 지었다고 알려진 죄지. 이것은 모두 거짓일세."

어느 정도는 예상하고 있었다.

만약 하태산이 진짜 학살을 일으킨 범인이라면 국가에서 방면해 주었을 리가 없다. 어느 국가에서 군대를 괴멸시킨 범죄자를 방면시켜 주겠는가?

애초에 말이 되지 않는 소문이었다.

"사실은 이렇다네."

*   *   *

오로라.

전 폴라리스의 길드마스터 하태산은 개조자가 되기 전부터 자신의 용병단을 꾸리고 확실한 실력으로 이름을 날리던 사람이었다.

뛰어난 능력과 수완 덕에 용병계에서 빠른 성장을 이루던 그는 여러 집단의 질투와 시기를 받았지만 그조차도 능력으로 해결해 냈다.

하지만 모난 돌이 정을 맞는다고 했던가.

이례 없는 성공으로 용병계를 평정해 나가던 그에게 한 가지 의뢰가 들어왔다.

어떤 테러리스트들이 세계의 종말을 노리고 한국의 핵발전소를 노리고 있는 것 같으니 그들을 없애 달라는 내용의 의뢰였다.

평소 같았으면 코웃음 치며 무시할 내용의 의뢰였지만 의뢰의 발주인이 대한민국의 부통령이었다.

국가 차원의 의뢰.

알 수 없는 감이 의뢰를 수락하지 말라고 했지만 부통령이라는 세 글자가 그의 마음을 움직였다.

언제까지 용병으로 살아갈 수는 없는 노릇. 정착하고 경호업체라도 차릴까 하는 생각을 하고 있던 차에 부통령이라는 백은 거부할 수 없는 유혹이었다.

의뢰를 맡기로 하고 받아본 정보를 보던 하태산은 자신의 눈을 의심했다. 단순한 허구, 혹은 선동이라 생각하고 간단히 조사만 할 생각이었는데 테러리스트에 대한 정보가 너무나 확실했다.

진짜 테러리스트들이 핵발전소를 노리는 듯한 조사 내용에 하태산은 자신의 팀을 이끌고 한국으로 향했다.

그리고 당했다.

조사를 위해 파견한 이들이 모두 싸늘한 주검이 되었고, 후발대로 들어간 하태산마저도 테러리스트들에게 포위당한 것이다.

하태산이 겨우겨우 살아남아 돌아왔을 때는 테러리스트는 민간인과 군인의 신분이 되어 있었고, 하태산은 테러리스트가 되어 있었다.

이 어이없는 상황에 하태산은 부통령을 찾아갔지만 대화는커녕 만나보지도 못하고 붙잡히고 말았다.

거기서 하태산은 부통령의 심복이라 불리는 사내 임진호

와 거래를 하게 되었다.

모든 죄를 사면해 주고 현상금을 풀어줄 테니 대한민국이라는 테두리 안에서 일을 하라는 것이었다.

하태산은 알겠다고 한 뒤 방면을 받았다.

하지만 거기서 끝이 아니었다.

부통령이 누구와 무슨 거래를 했는지는 몰라도 하태산은 정부가 대놓고 하지 못하는 더러운 일을 맡아 처리하게 되었다.

목숨을 부지하기 위해서는 어쩔 수 없는 선택.

그 와중에 하태산은 조사를 계속했다. 자신의 국적을 이용해 용병단을 무너뜨리고 이런 짓을 꾸민 자가 누군지.

그 결과 모든 일을 꾸민 이가 F구역 어둠의 조정자라는 사실을 알게 되고, 그들에 대한 조사를 시작한 것이다.

*   *   *

하태산의 말이 끝나자 어둠의 조정자 중 한 사내의 얼굴이 어두워졌다. 하태산의 시선이 그에게로 향했다.

"기억하나 보군, 백해수."

부통령까지 연관된 일이니 기억하지 않으려야 않을 수가 없다. 백해수는 굳은 얼굴로 길드마스터 하태산의 얼굴을 바라보며 말했다.

"오해… 일세."

"그래? 얘기해 봐. 무슨 오해가 있었는지."

"그건… 내가 벌인 일이 아닐세. 세계 용병시장을 주무르고 있는 그분의 선택이었네. 나는 그분의 말을 부통령한테 전했을 뿐이야."

"그분?"

"위에 계신 분. 그것 외에는 나도 모르네."

"E?"

E구역의 조정자를 말하는 것이냐 묻는 말이다. 백해수가 고개를 저었다.

"나는 모르네. 그저 연결된 라인으로 내려오는 명령을 수행할 뿐이야."

F구역의 지배자라 불리는 조정자들도 결국에는 어둠의 조정자 중 말단일 뿐이었다. 현준은 넌덜머리가 나는 것을 느꼈다.

"결국 A구역 어둠의 조정자까지 잡아 족쳐야 이야기가 끝난다는 소리네요."

"그렇지."

그리고 부통령.

그의 이름이 계속해서 등장하고 있다. 도대체 그는 무엇을 원하고 있는 것일까? 세계 정복이라도 할 생각인가?

한국에서 아무리 날고뛴다 해도 전 세계로 나가는 순간 그저 그런 존재가 되고 만다. 하지만 인공 뇌를 개발한다면 이야기는 달라진다.

전쟁을 할 때 사람의 목숨을 담보로 하는 다른 나라들과 다르게 로봇을 사용한 전투를 유기적으로 펼칠 수 있다면 세계 정복도 꿈은 아닐 것이다.

문제는 다른 나라들이 바보가 아니라는 것.

수많은 열강이 인공 뇌가 개발되고 로봇이 전쟁용으로 생산되는 순간 대한민국에 압박을 가할 것이고, 그렇게 되면 본전도 뽑지 못할 것이 분명했다.

그렇다면 대통령이 되는 것?

그 정도로 포부가 작을 리는 없었다.

현준은 고개를 휘휘 저었다.

지금 생각해 봤자 결론이 나질 않는다.

직접 만나 물어보지, 뭐.

간단히 답을 내린 현준은 세 명의 조정자에게 시선을 돌렸다.

"E구역 어둠의 조정자에 대해 아는 대로 털어놔."

세 사람은 서로를 바라보며 눈빛으로 대화했다.

그 순간 메시아가 이태호의 멱살을 쥐어 들었다. 마치 스티로폼으로 된 인형을 들 듯 가벼운 손놀림이다.

하태산이 깜짝 놀라 뭐라 묻기도 전에 메시아가 말했다.

"나는 이놈을 맡겠도다."

분담하자는 소리다.

하태산의 시선이 자연스럽게 백해수에게로 향했다.

그렇다면 남은 것은 사지가 잘린 트램.

"남은 건 이놈이네."

메시아와 하태산이 한 명씩을 데리고 계단을 올랐다. 지하에 남은 현준과 아린이 트램을 바라보았다.

현준이 머뭇거리는 사이 아린이 말했다.

"할 줄 알아?"

심문하는 방법을 묻는 듯하다.

물론 모른다.

현준이 고개를 젓자 아린이 트램을 번쩍 들어 의자 위에 올렸다. 그리곤 말했다.

"심문할 때 가장 중요한 건 상대가 거짓말을 하는지 아닌지에 대해 파악하는 거야."

현준이 고개를 끄덕였다. 그러자 아린이 트램에게 물었다.

"몇 살?"

트램의 미간이 구겨졌다.

"이 미친년이? 차라리 죽여라!"

아린은 고개를 끄덕이더니 트램의 머리에 손을 올렸다. 그러자 아린의 손에서 에너지장이 흘러내려 트램의 얼굴을 감쌌다.

트램은 눈동자를 뒤룩뒤룩 굴리며 자신의 얼굴을 감싸는 것을 바라보았다. 에너지장은 점점 모양을 갖추더니 트램의 귀와 눈, 코와 입속으로 들어갔다.

현준은 끔찍한 광경에 미간을 찌푸렸다. 정작 끔찍한 장면을 연출하고 있는 아린은 표정의 변화 없이 에너지장을 조정하고 있었다.

트램은 숨이 막히는지 꺽꺽 하는 소리를 내면서 고개를 쳐들었다. 트램의 눈이 시뻘게져 저러다 터지는 게 아닐까 하는 생각이 들 때쯤 아린의 손에서 나오던 에너지장이 끊어졌다.

"흐어어억! 헉헉⋯⋯!"

트램이 거친 숨을 몰아쉬었다.

"이렇게 공기 맛을 본 순간 또 막는 거야."

2초 정도 숨을 쉴 시간을 주고 다시 에너지장을 통해 입을 막았다. 상상도 못한 방법. 트램은 아린을 죽일 듯 노려보았지만 눈빛만으로는 할 수 있는 것이 없다.

이 프로토콜을 반복하길 20분 여.

"몇 살?"

"차라리… 죽여줘…….."

"말하면 죽여줄게."

"뭘… 뭘 말하면 되지?"

트램의 입이 열렸다.

각자의 방법으로 심문을 마친 이들이 길드 아지트의 홀에 모였다.

"일단 저부터 말하죠."

현준이 입을 열어 모두를 주목시켰다.

"일단 어둠의 조정자들이라고 별다를 것 없습니다. 철저한 점조직이고 위 계층에 대해 아는 것이 없어요. 하지만 아래 계층에 있는 모든 이의 정보는 알고 있다고 합니다. F구역 어둠의 조정자들끼리도 순위가 있고, 트램 호르세가 다른 이들의 정보를 관리하고 E구역 어둠의 조정자와 이야기하는 자리를 맡고 있었다고 합니다."

다른 이들도 얼추 들은 이야기인지 고개를 끄덕였다.

"정리하자면, E구역에서 연락이 오기 전에는 연락할 수 없고, F구역 어둠의 조정자들이 한 번에 연락 두절되었으니 이상한 낌새를 얼추 눈치챘을 겁니다. 결국 E구역 어둠의 조정자를 잡기 위해서는 밑바닥부터 시작해야 할 것 같습니다."

현준의 말이 끝나자 메시아와 하태산이 서로를 마주 보았다.

"먼저 하겠네."

하태산이 헛기침으로 목을 가다듬고 말했다.

"일단 현준이 말한 건 제외하고 내가 알아낸 것은 어둠의 조정자끼리 가상 회담을 한다고 하더군. 일 년에 한 번인데, 그 기간이 얼마 안 남았네. 문제는 가상 회담이다 보니 어떻게 뚫고 들어간다 해도 대화를 나누는 것을 제외하면 할 수 있는 게 없다는 게 문제지. 이상이네."

하태산의 말을 들은 메시아의 눈이 빛났다.

"그건 내가 해결할 수 있을 것 같도다."

하태산의 미간이 구겨졌다.

"저 아인 뭔데 말투가 저따위지? 전신개조자인가?"

"뭐, 비슷합니다. 확실한 건 보이는 것보다는 훨씬 나이가 많습니다."

하태산은 찜찜하다는 표정으로 메시아를 바라보았다.

"그래, 어떻게 해결하겠다는 거지?"

"가상 회담이 언제라 하였는가?"

"3주 뒤."

"서버만 찾아내면 접속지를 알아내는 것은 누워서 식은

죽을 먹는 것과 다를 바 없도다. 그리고 3주라는 기간은 세계를 세 번을 만들 수 있는 시간이지."

"무슨 뜻인가?"

"3주 안에 서버를 찾아내는 순간 게임 셋이라는 뜻이죠."

그제야 하태산의 얼굴이 밝아졌다. 하지만 금세 어두워졌다.

"무슨 수로?"

"E구역 어둠의 조정자라면 서버의 위치까진 아니어도 접속하는 방법은 알고 있지 않겠습니까? 그놈 잡아서 조져보죠."

하태산이 허탈하게 웃었다.

"전에도 말했지만 F구역 어둠의 조정자들과는 차원이 다른 존재일세. 소문에 따르면 자네와 같이 개조자가 아닌데도 이상한 힘을 사용한다고 하더군."

현준의 동공이 확대되었다.

"무슨 뜻입니까?"

"말 그대로. 자네처럼 불을 사용하는 건 아닌데, 다른 신기한 힘을 사용한다는 소문이 있다네. 일반적인 개조자들은 상대도 되지 않을 만큼 강력다고도 하고. 한데 도시괴담처럼 떠도는 소문이라 신빙성은 없네."

현준이 메시아를 바라보자 메시아가 고개를 끄덕이며 말했다.

"그 힘에 대해 조사해 보겠노라."

"부탁해."

"아, 사용자여."

"응?"

"한 가지 부탁을 해도 되겠는가?"

"뭔데?"

"사용자의 몸을 조사해 보고 싶도다. 사용자의 몸을 조사하면 사용자가 찾고자 하는 것들에 대해 더 자세히 찾아볼 수 있을 것이노라."

현준이 망설이자 메시아가 말을 이었다.

"걱정하지 말지어다. 길어야 5분 안에 끝나고 이곳에서 해결할 수 있도다."

"아, 그래?

영화에서나 보듯 새하얀 방 가운데 새하얀 침대에 올라가 이상한 바늘로 온몸을 찔릴까 걱정하던 현준은 안심하며 고개를 끄덕였다.

"하겠는가?"

"그 정도라면 뭐. 그전에 넌 알아낸 거 없어?"

"없다."

너무도 당당한 말에 오히려 위화감이 느껴진다.

"왜 없어?"

"메시아는 인체 실험에 대한 데이터가 없도다."

"그래서?"

"살짝 전기 충격을 준다는 게 죽어버렸도다. 나약한 인간 같으니라고."

현준의 미간이 구겨졌다.

"끝이야?"

"끝이도다."

이 썩을 놈이?

"그럼 이 문제가 일단락되었으니 사용자의 신체를 검사하도록 하겠노라. 나를 따라올지어다."

뭐라 하고 싶은 말이 한 가득이었으나 뭐라 반박할 말을 찾지 못한 현준은 결국 입을 닫고 메시아의 뒤를 따랐다.

2층의 방으로 올라가는 현준의 뒤를 따라 메시아의 아이들 셋이 따라왔다. 현준은 별생각 없이 그들과 함께 방으로 들어갔다.

"뭘 하면 돼?"

"기다리거라."

현준이 방구석에 서서 기다리는 사이 메시아의 아이 셋

이 방의 가운데에 섰다. 그러자 메시아가 말했다.

"신체 변형."

메시아의 말이 떨어지기가 무섭게 세 아이의 옷과 피부가 색을 잃고 금속의 빛을 띠었다. 현준의 입이 떡 벌어졌다.

현준이 놀라는 사이에도 변형은 계속되었다. 색을 잃은 세 아이의 신체에 금이 가더니 무언가의 부품으로 변했다.

세 아이의 몸에서 나온 부품들은 마치 액체처럼 흐물거리며 변형되었고, 원래의 자리를 찾아가듯 딱딱 맞춰 움직였다.

얼마 지나지 않아 마치 원래 한 대의 기계였다는 듯 세 명의 아이가 하나가 되더니 잠깐 사이 현준이 누울 수 있는 침대가 완성되었다.

"여기 누우면 되노라."

"이게 무슨……?"

현준은 자신의 눈을 의심하며 침대를 쓸어보았다.

가구 매장에서 흔히 볼 수 있을 법한 싱글 사이즈 침대였다. 손가락으로 눌러보자 쿠션까지 완벽했다.

"이런 것도 가능해?"

"더한 것도 가능하도다."

더한 것이 무엇인지 궁금했지만 굳이 묻고 싶지는 않았

다. 현준은 고개를 휘휘 젓고서 침대에 누웠다.

그러자 침대 덮개라 생각한 천이 주욱 늘어나 현준의 양 팔과 발목을 결박했다. 현준은 반사적으로 불길을 일으키려다 멈추며 물었다.

"뭐, 뭐 하는 거야?"

"신경을 탐색하는 동안 미세한 움직임이라도 있으면 사용자의 신체가 위험할 수도 있도다. 그래서 하는 조치이니 걱정하지 말지어다."

언제나 그렇듯 메시아의 말은 약을 파는 것처럼 들렸다.

하지만 어쩌겠는가, 믿어야지.

현준은 대답을 포기하고 눈을 감았다.

그러자 손목과 발목을 감싸고 있던 천이 범위를 넓혀 현준의 온몸을 침대와 밀착시켰다. 천은 현준의 옷 사이로 들어와 피부와 밀착했다.

심지어 코와 입을 제외한 얼굴의 모든 부분까지 감싸고 나서야 행보를 멈추었다.

"이거, 안전한 거지?"

"의심하지 말지어다."

현준이 다시 입을 열려는 순간, 턱을 감싸고 있던 천이 현준의 턱을 강하게 압박했다.

"이제 시작할 테니 아무런 말도 하지 말지어다. 신경 반응을 테스트하는 동안 이상한 느낌이 들 수도 있으니 대비하고 있을지어다."

현준은 말도 하지 못하곤 눈만 껌뻑였다. 곧 남은 천이 현준의 눈까지 감쌌다.

시작은 뒤통수였다.

따끔한 느낌과 동시에 무언가가 현준의 뒤통수를 감쌌다. 마치 두피 안쪽을 차가운 무언가로 마사지하는 듯한 느낌을 받는 순간, 차가운 무언가가 전신으로 퍼졌다.

그리고 현준은 정신을 잃었다.

"끄……."

불의 힘을 얻은 이후 처음 느껴보는 두통이었다.

소주를 궤짝으로 마신 듯 뒤통수 쪽에서 둔하고 무지근한 고통이 느껴졌다. 현준은 눈도 뜨지 않은 채로 불의 기운을 이끌어 머리 쪽으로 향했다.

심장에서부터 일어난 기운이 현준의 머리를 훑고 다시 내려가자 고통이 사라졌다.

하지만 기분 나쁜 느낌은 그대로였다.

"무슨 짓을 한 거야?"

현준이 몸을 일으키며 주변을 둘러보았다.

제일 먼저 느껴진 감각은 후각이다.

탄 냄새, 그리고 시각.

방 전체가 시커멓게 그슬려 있다. 현준은 자신을 받치고 있는 침대를 바라보았다. 온통 금속으로 되어 있는 침대가 형체만 간신히 남긴 채 녹아 있다.

현준의 미간이 찌푸려졌다.

"무슨……."

그때 문의 형상을 한 것이 툭 떨어지며 메시아가 모습을 드러냈다.

"정신이 들었나, 사용자여."

"어떻게 된 거야?"

"내가 사용자의 한계를 얕보았도다. 사과하겠노라."

현준은 아직도 느껴지는 것 같은 두통에 관자놀이를 문지르며 침대에 걸터앉았다.

"자세히 말해봐."

"이걸 보면서 듣는 게 이해에 도움이 될 것이도다."

메시아가 허공을 가리키자 그의 손가락 끝에서 쏘아진 빔이 홀로그램을 만들었다. 메시아의 시점으로 녹화된 영상인 듯했다.

영상에서 현준은 흰 천에 둘둘 감겨 미라처럼 누워 있다. 영상은 빠르게 흘러갔다. 침대에서 나온 촉수 비슷한 것들이 현준의 머리와 온몸을 더듬으며 반응을 살폈다.

그러다 어느 순간 현준을 감싼 붕대가 붉게 물들었다.

"피?"

피와는 조금 달랐다. 마치 쇠가 열을 받아 녹는 듯 붉은 색이 점점 하얘지더니 이내 붕대가 끊어졌다.

끊어진 붕대 사이로 화염이 피어올랐다.

"어떻게 된 거야?"

"사용자의 몸속에 잠들어 있는 불의 근원을 건드렸도다. 사용자의 몸이 위험하다 생각했는지 방어기제가 발동되었고, 주변의 모든 것을 불태우기 시작했도다. 사용자를 결속하고 있던 금속마저 순식간에 녹일 정도로 강력한 불꽃에 서브 AI 셋이 녹아버렸도다."

"걔네, 죽은 거야?"

현준의 표정이 어두워졌다. 아무리 AI라지만 자신이 컨트롤하지 못하는 힘에 녹아버렸다니 꺼림칙한 기분이 들었다.

"사용자가 정신을 잃고 있는 사이 복원했으니 걱정하지 않아도 되노라."

메시아의 말에 현준은 고개를 끄덕였다. 그러자 메시아가 말을 이었다.

"서브 AI를 녹여 버린 불꽃은 계속해서 타올랐노라. 나조차 위험한 지경에 이르자 나는 이 방을 탈출했고……."

메시아의 말과 동시에 홀로그램 속 메시아가 방문을 열고 나갔다. 그러자 거짓말처럼 불꽃이 사그라들었다.

"이런 광경이 되었도다."

"내 힘의 근원에 대해서는 많이 알아냈어?"

메시아가 고개를 저었다.

"안타깝게도 방어기제가 있다는 것과 힘의 근원이 심장이라는 것밖에 알아내지 못했도다. 사용자가 힘을 사용할 때 나오는 에너지 파장에 대해서도 분석이 가능할 것 같긴 하지만 아직은 모르겠도다."

메시아에게는 안타까운 소식일지 몰라도 현준에게는 희소식이었다.

방어기제.

현준이 정신을 잃고 있을 때도 몸을 지켜주는 존재라니. 게다가 메시아가 직접 제작한 액체 금속까지 녹여 버릴 정도라니 어떠한 상황에서도 믿을 만한 보험 하나가 생긴 것이다.

현준이 미소를 짓자 메시아가 말했다.

"다음번에는 더욱 견고한 것을 준비하겠노라."

"마음대로."

현진이 1층으로 내려오자 아린이 말했다.

"배고파."

"나만 보면 배고파?"

"일했잖아."

아린은 현준이 해주는 음식을 일종의 보상으로 생각하는 듯했다. 어쩔 수 없이 고개를 끄덕인 현준이 요리를 하기 위해 주방으로 향하자 근처에 서 있던 서브 AI 머큐리가 현준을 따라왔다.

"마스터, 요리를 하시려고요?"

"응. 왜?"

"제가 도와드릴게요."

현준은 잠시 고민하다 고개를 끄덕였다. 감으로 요리를 하는 자신보다 로봇이 나을 거라는 판단에서이다.

잠시 후,

현준은 자신이 훌륭한 판단을 했음을 깨달았다.

일반인 중에서는 나름 괜찮은 요리 솜씨였으나 로봇 앞에서는 태양 앞의 반딧불이었다. 순식간에 모든 재료를 손질하고 여러 가지 요리를 동시에 조리하는 모습에 현준은 혀를 내둘렀다.

"셰프 저리 가라네."

머큐리는 능숙한 솜씨로 요리를 하면서 현준에게 미소를 지어주는 여유를 보였다. 곧 요리가 완성되고 홀로 가지고 나가자 아린의 눈이 동그래졌다.

"벌써?"

"머큐리가 도와줬어."

아린은 머큐리를 한 번 바라보고선 의심스러운 눈길로 젓가락을 들었다. 제일 먼저 파스타를 한 젓가락 먹어본 아린의 눈이 휘둥그레졌다.

"맙소사!"

"왜?"

"처음 먹어보는 맛이야."

맛이 궁금해진 현준이 젓가락을 들어 파스타를 맛보았다.

파스타의 면이 혀에 닿는 순간 현준의 눈이 저절로 감겼다.

맛있다!

맛의 세계를 넘어서 감동스러운 경지의 맛이었다. 정신을 놓고 음식을 먹는 두 사람을 보며 머큐리가 미소를 지었다.

식사를 마치고 부른 배를 두들길 무렵 메시아가 말했다.

"사용자여, E구역 어둠의 조정자를 잡기 위해 거처를 옮겨야 할 필요가 있도다."

"어디로?"

"사용자가 식사하는 사이 E구역 외곽의 건물 한 채를 알 아보았도다."

"건물? 돈이 돼?"

"돈은 걱정하지 말지어다."

현준은 천천히 고개를 끄덕였다.

"어떤 집인데?"

"다른 이들이 쉽게 알아낼 수 없는 안전한 곳이도다."

그거 하나면 된다.

마음 놓고 쉴 수 있는 아지트.

"그걸로 하자."

메시아가 잠깐 눈을 감았다 뜨고선 말했다.

"되었도다. E구역 18-11번지. 이제 사용자의 집이도다. 이동하겠는가?"

"응."

말을 마친 현준이 자리에서 일어나며 하태산의 분신을 바라보았다.

"길드마스터는 어떻게 할 겁니까?"

"곧 찾아가도록 하겠네. 지금은 해결해야 할 일이 있어 서."

"알겠습니다."

하태산의 분신을 남겨둔 아린과 현준, 그리고 메시아는

길드 아지트를 나섰다. 뒤따라 나오는 사람이 없는 것을 확인한 현준이 물었다.

"서브 AI들은?"

"알아서 올 것이도다."

현준은 고개를 끄덕이고선 걸음을 옮겼다.

이제 E구역 어둠의 조정자를 잡으러 갈 시간이었다.

일주일.

현준이 좌절을 맛보는 데 걸린 시간이다.

"오늘은?"

"노력하고 있도다."

E구역에 들어온 지도 일주일이 지났다.

메시아를 포함한 열 기의 로봇이 E구역 전체를 이 잡듯 뒤지고 있었으나 어둠의 조정자는커녕 거물이라 칭할 만한 범죄자들조차 보이지 않았다.

"이것들이 다 어디로 숨었대."

"F구역에서의 일이 퍼진 것이 분명하도다. 불도깨비가 나서서 F구역의 지배자를 척결했으니 그에 겁먹고 꼬리를 마는 것은 당연한 일."

메시아의 사탕발림에 현준의 미간이 구겨졌다.

"심심해."

다른 이들의 시선을 피하기 위해 사흘 동안 아지트에만 박혀 있었다. 아린이 심심하다 할 때마다 대련을 하고 있었으나 그것도 몇 번이다.

게다가 공간까지 협소하니 몸이 뻐근해 죽을 노릇이다.

"이거 뭐 유령을 쫓는 것도 아니고."

컴퓨터를 통해 정보를 찾는 것 또한 메시아보다 빠를 순 없으니 하나마나한 일이다. 차라리 현상범을 사냥하고 다닐 때처럼 목표가 확실할 때가 나았다.

"…현상범?"

"잡아?"

현준의 혼잣말에 아린이 바로 반응했다.

"메시아, E구역의 현상범이 몇이나 되지?"

"미거주자 포함 4,312명이도다. 오차 범위는 플러스마이너스 2,000이도다."

"무슨 오차 범위가 그래?"

"현상범의 위치가 확실한 것을 바라는 것 자체가 어불성설이도다."

옳은 말에 현준이 고개를 끄덕였다. 그리곤 아린을 바라보았다.

"잡으러 갈까?"

"응."

"곁가지부터 하나씩 조지다 보면 언젠가 하나쯤은 걸리지 않을까?"

현준의 말을 들은 메시아가 비음을 흘리곤 대답했다.

"나쁘지 않은 것 같도다."

"그럼 간다!"

"잠깐만 기다릴지어다."

메시아는 책상 서랍을 뒤져 두 개의 검은 마스크를 꺼냈다. 귀에 거는 형식의 흔한 마스크였다.

"이게 뭐야?"

"도깨비탈의 업그레이드 버전이도다. 써보거라."

현준은 기대하는 눈으로 마스크를 착용했다.

"발동 코드는 불도깨비도다."

"불도깨비?"

현준이 발동 코드를 말하는 순간, 마스크가 액체금속화가 되며 현준의 얼굴을 감쌌다. 얼굴 전체를 감싼 마스크는 몸으로 흘러내려 몸까지 감쌌다.

착착 하는 금속끼리 부딪치는 소리와 함께 액체금속이 경화(硬化)되었고, 20초가 되기 전에 온몸을 감쌌다.

어릴 적 본 히어로 만화에나 나오는 변신 장면이 현준의 몸 위에서 펼쳐지고 있었다.

제9장

E구역의 불도깨비들

현준은 놀라서 참고 있던 숨을 내쉬었다.

분명 온몸을 감싼 금속의 느낌이 있었으나 아무것도 입지 않은 듯한 편안함이 느껴졌다. 얼굴 전체를 감싸고 있었으나 호흡 또한 전혀 불편함이 없었다.

"워, 이게 뭐야?"

"아직 이름은 없도다. 일단은 불도깨비 마스크라 하도다."

"그거 괜찮네. 외 안경은?"

"내장되어 있도다. 발동 코드는 도깨비 눈이도다."

"도깨비 눈."

현준이 자신의 몸을 내려다보자 메시아가 홀로그램으로 만들어진 거울을 띄워주었다.

전에 쓰던 탈보다 조금 더 세련된 도깨비 탈이 현준의 얼굴을 감싸고 있다. 삼베옷을 입은 전과 다르게 검은색 개량 한복이 몸을 감싸고 있었다.

"괜찮은데?"

"네 것도 있도다."

메시아가 마스크 하나를 아린에게 건넸다.

아린은 보기 드물기 흥분된 눈을 하고선 마스크를 받아 들었다. 메시아가 무슨 말을 하기도 전에 마스크를 착용한 아린이 말했다.

"불도깨비."

현준에게 일어난 작용이 아린에게도 벌어졌다. 순식간에 변신을 마친 아린은 현준과 비슷한 복장을 하고 있었지만 강인한 여전사의 느낌이 나는 모습이다.

가면 또한 현준과는 다른 모습의 도깨비 형상을 하고 있었다.

거울을 본 아린이 말했다.

"마음에 들어. 고마워, 메시아."

"메시아를 경배할지어다!"

현준이 피식 웃고 말했다.

"가자."

*　　　*　　　*

달빛이 내린 E구역의 건물 옥상.

"도대체 현상금 오만 원은 무슨 죄를 지어야 걸리지?"

흉악하게 생긴 도깨비 탈을 쓰고 검은 개량한복을 입은 존재가 말했다. 목소리 또한 인간의 그것이 아닌 무저갱에서 울리는 듯한 공포스러운 울림이 있다.

"그… 도, 도둑질을 했습니다."

공포스러운 비주얼에 질린 잡범이 온몸을 사시나무 떨듯 떨며 대답했다. 현준은 주머니에서 범죄자 전용 케이블 타이를 꺼내 그의 손목을 묶은 뒤 말했다.

"데려가."

그러자 현준과 비슷한 복장을 한 서브 AI 마스가 고개를 끄덕이며 잡범을 인수 받았다.

"현상금 꼭 받고."

"넵."

서브 AI 마스가 자리를 뜨자 옥상 난간에 걸터앉은 현준이 한숨을 내쉬었다.

E구역이라고 F구역과 다를 것은 없었다.

그저 조금 더 비싸 보이는 옷을 입고 비싸 보이는 차를 타고 다닐 뿐이다.

"사람 사는 게 다 똑같지, 뭐."

어디든 똑같다.

현상범들도 F구역과 똑같았다.

오만 원짜리 잡범이 있는가 하면 몇 백만 원을 호가하는 범죄자도 있었다. 현준은 액수를 가리지 않고 범죄자들을 잡아들였다.

하루, 이틀, 사흘, 나흘.

백에 달하는 범죄자들을 잡아넣고 나자 소문이 퍼졌는지 피라미도 잘 보이질 않았다. 그 파급으로 E구역의 일일 범죄 발생률이 평소의 10%도 되지 않는 수준으로 떨어졌다.

보고를 받은 현준은 의외의 효과에 기뻐하면서도 씁쓸했다.

범죄를 저지르는 주제에 자신보다 강한 자가 나타나자 꼬리를 마는 꼬락서니라니.

잠깐 생각하는 사이 도깨비 눈에 현상범 하나가 포착되었다.

토니 박.

죄목:살인, 살인교사, 특수강도, 특수절도.

현상금:50,000,000.

특이 사항:백호랑이파 보스.

옳지.

현준의 눈이 먹잇감을 발견한 맹수처럼 반짝였다.

"저거, GPS에 찍어."

현준의 말에 반응한 불도깨비 마스크가 토니 박의 머리 위에 조그만 불꽃을 띄웠다. 그와 동시에 현준의 시야 한구 석에 E구역의 지도와 자신의 위치, 그리고 토니 박의 위치 가 표시되었다.

"겁나 편하네."

─미니 맵이라 부르는 기능이도다.

현준으로서는 상상도 할 수 없는 경지의 기술력이다. 만 약 현준이 아닌 고위 관직자, 그것도 좋지 않은 사상을 가 지고 있는 사람의 손에 메시아가 떨어졌다면 전 세계가 전 란에 휩싸였을지도 몰랐다.

현준은 슬금슬금 피어오르는 상념을 떨쳐 버리고 토니 박의 뒤를 쫓았다.

그냥 옥상에 앉아 토니 박이 움직임을 멈출 때까지 기다 렸다가 이동해도 GPS가 알아서 위치를 알려줄 테지만 직접 몸을 움직이는 편이 더 좋았다.

토니 박은 아주 천천히 움직였다.

그러면서도 당당한 걸음이 아닌, 마치 무언가를 두려워하는 듯한 눈으로 계속해서 주변을 살피며 어디론가 향하고 있었다.

만약 직접 뒤를 밟지 않았다면 보지 못했을 광경.

현준은 바로 뒤에서 미행하던 것을 멈추고 거리를 조금 두었다.

갑자기 나타난 거물.

그것도 한 조직의 보스로 있는 사람이 아무런 이유도 없이 거리를 떠돈다? 현준은 근처에 있는 건물 옥상으로 올라간 뒤 지도를 확대했다.

"토니 박 경로, 미니 맵에 표시해 봐."

그러자 토니 박이 걸어온 길이 지도상에 붉은 줄로 나타났다. 현준은 그 자리에 앉아 토니 박의 경로를 확인했다.

"메시아, 토니 박이 걸어 다니는 거리에 공통점이 있나?"

―범죄자 검거율이 가장 높은 거리도다. 내 생각에는 사용자를 기다리고 있는 것 같도다.

"내 생각도 똑같거든. 이유가 뭘까?"

―사용자를 끌어내 잡으려는 의도일 것으로 생각되노라.

"거꾸로 말해서, 내가 안 잡히면 일망타진할 수 있다는 소리네?"

─좋은 해석이도다.

"좋아, 혹시 모르니까 GPS 유지하고, 내 근처에 서브 AI 두 명만 붙여놔 줘."

─아이들은 어째서 붙여달라는 것이냐?

"한 명이라도 도망치는 놈이 나올지도 모르잖아."

─오오, 현명하도다. 그렇게 하도록 하겠노라.

"부탁해."

말을 마친 현준은 토니 박이 있는 곳으로 향했다.

"씨발, 씨발, 내가 어쩌다가……!"

토니 박은 새어 나오는 불안감을 감추지 못하고 계속해서 주변을 힐끔거렸다. 그의 행동이 얼마나 눈에 띄는지 지나가는 사람들마저 그를 피할 지경이다.

백호랑이파라면 E구역의 뒷골목에서는 알아주는 폭력 조직 중 하나였다. 그곳의 보스인 토니 박은 무서울 것 하나 없었고 나름의 권력을 휘두르며 지하세계에서 살아가고 있었다.

이틀 전까지는 그랬다.

"너, 이 새끼, 뭐야!"

퍽!

백호랑이파 아지트에 나타난 검은 코트의 사나이는 아무런 말도 하지 않고 그의 부하들을 학살했다.

압도적인 힘의 차이를 깨달았을 때는 이미 백호랑이파의 주요 전력인 개조자들이 반 이상 당한 뒤였다.

검은 코트의 사나이 앞에 무릎을 꿇은 토니 박이 물었다.

"도대체… 왜 이러시는 겁니까?"

"시키는 대로 하면 목숨은 살려주지."

"예, 예! 뭐든 하겠습니다."

그 결과, 토니 박은 불도깨비를 끌어내기 위한 미끼가 되었다. 현준과 메시아의 예측이 정확했다.

벌써 네 시간째 E구역의 모든 곳을 돌아다니고 있었지만 불도깨비는 나타날 기미가 보이지 않았다. 토니 박이 포기하려는 순간,

"불… 도깨비."

불도깨비의 모습을 한 현준이 그의 앞에 나타났다.

"어이."

태어나 한 번도 들어본 적 없는 기괴한 목소리에 토니 박의 뒷골에 소름이 돋았다.

"…예."

"누가 시켰어?"

토니 박의 동공이 미친 듯이 흔들렸다. 여기까지만 보더

라도 배후가 있음을 확신할 수 있는 상황.

이미 특이한 복장을 한 현준에게 시선이 쏠리고 있었다. 더 이상 시간을 끌 것 없다고 판단한 현준은 토니 박의 멱살을 잡고 자신의 어깨에 얹었다. 그리고 냅다 달리기 시작했다.

"지금부터 달리는 새끼들 죄다 GPS 찍어."

—알겠노라, 사용자여.

현준이 인적이 드문 곳을 향해 달리기 시작하자 미니 맵에 붉은 점들이 나타났다. 굳이 메시아가 말해주지 않아도 저것들이 적임을 예측할 수 있었다.

현준이 미니 맵에 뜬 붉은 점의 개수를 보고 말했다.

"여섯?"

—여덟. 모두 전신개조자이도다. 여덟 명 모두 같은 문양이 새겨진 검은 코트를 걸치고 있고 비슷한 체구를 가진 걸 보아 같은 곳에서 만들어진 개조자임이 분명하도다. 그리고…….

현준은 메시아의 브리핑을 들으며 달렸다.

너무 빨리 달렸다가는 추격자들이 따라오지 못할 게 분명했기에 적당한 속도를 유지해 주었다.

이윽고 E구역 외곽의 폐공사장에 도착한 현준이 들고 있던 토니 박을 내동댕이쳤다.

"어이쿠야!"

토니 박은 바닥을 구르며 앓는 소리를 했다.

"이거 치워."

"네."

현준의 말이 끝나기가 무섭게 어느새 등장한 머큐리가 토니 박을 회수해갔다. 머큐리가 자리를 뜨자마자 여덟 명의 전신개조자가 현준을 둘러쌌다.

"불도깨비, 맞나?"

검은 선글라스에 검은 코트, 검은 부츠까지 맞춰 신은 8인의 괴한을 본 현준이 감상평을 뱉었다.

"미친놈들. 안 더워?"

질문에 질문으로 답하자 검은 사내들의 얼굴이 굳었다.

"묻는 말에 대답해라."

"하긴 전신개조자들이 더위를 탈 리가 없지. 너희 중 리더가 누구냐?"

빈정거리는 현준의 태도가 거슬렀는지 사내 하나가 앞으로 나서며 레이저 검을 뽑아 들었다.

"죽고 싶나?"

"일단 넌 아니고."

현준은 제일 먼저 나선 녀석을 제외한 뒤 모든 이를 훑었다. 모두 똑같이 생겼지만 조금은 다른 모습.

"너구나?"

검은 선글라스 다리에 작은 모양의 줄 두 개가 있다.

설마 한 번에 짚어낼 것이라 생각하진 못했는지 리더로 보이는 사내의 포커페이스가 무너졌다. 그로 인해 현준은 확신했다.

"맞나 보네."

검은 사내들의 리더가 으득 이를 갈며 말했다.

"사지를 잘라라."

"그 말로 네 형이 결정되었도다."

오랜만에 옛 말투를 꺼낸 현준이 양손에서 불을 일으켰다. 검은 사내들은 미리 언질을 받았는지 맨손에서 뿜어내는 불길을 겁내지 않았다.

그렇다는 것은 대응 방안이 있다는 소리.

현준은 장난스러운 미소를 거두었다.

그 순간 네 명의 검은 사내가 달려들었다.

모두 레이저 검을 들고 있는 상태. 현준은 애초부터 봐줄 생각이 없었기에 딱 상대를 태워 버릴 만큼의 힘을 방출했다.

쾅!

네 자루의 레이저 검이 현준에 몸에 닿은 순간 거대한 불길이 레이저 검을 타고 올라갔다. 개조자 중 하나는 재빨리 검을 놓았지만 나머지 셋은 그러지 못했다.

"어? 으악!"

놀람과 동시에 쇠마저 녹이는 불꽃이 삽시간에 세 명의 개조자를 녹여 버렸다.

순식간에 여덟에서 여섯이 된 검은 사내들은 자신들끼리 눈빛을 교환했다.

저들에게 시간을 줄 필요는 없었다.

하나라도 도망치면 골치 아픈 쪽은 현준이다. 현준은 가까이 있는 검은 사내에게 달려들며 불꽃을 휘둘렀다.

그 순간,

푸화아악!

검은 사내가 흰 가루를 내뿜었다.

그러자 현준의 불꽃이 순간적으로 사그라들었다.

"통한다!"

―액체질소다, 사용자여. 가급적 접촉을 피하거나 원거리에서 전투를 펼쳐야 하도다.

"오케이!"

액체질소라는 말을 듣자마자 현준이 멀찍이 물러났다. 자신들의 비장의 무기가 통하는 것을 확인한 검은 사내들은 외려 현준을 압박하기 위해 다가왔다.

"그게 통하니까 기쁜가 봐?"

"허세 부리지 마라!"

현준의 이죽거림이 통했는지 리더가 고함을 지르며 액체
질소를 쏘아댔다. 총처럼 개조된 검은 사내들의 손끝에서
액체질소탄이 비처럼 쏘아졌다.

현준을 맞추지 못한 액체질소탄이 애꿎은 땅에 박히며
순식간에 드라이아이스 같은 효과를 내었고, 곧이어 안개
가 피어올랐다.

시야가 가려지자 검은 사내들은 현준이 있을 법한 장소
에 마구잡이로 난사하기 시작했다. 총구를 보고 액체질소
탄을 피하던 현준은 시야가 가려지자 오직 감으로만 총탄
을 피해야 했다.

다리를 노리고 쏘아진 총알을 피하기 위해 점프한 순간,

"지금이다! 수류탄을 던져!"

현준을 향해 다섯 개의 액체질소 수류탄이 날아들었다.

사지를 잘라라.

즉 죽일 생각은 없다는 뜻이다.

현준은 찰나의 고민 끝에 액체질소 수류탄을 몸으로 받
아냈다. 순식간에 새하얀 냉기가 현준의 몸을 감싸며 얼렸
다.

현준은 불의 기운을 이용해 신체를 보호하며 액체질소가
자신의 몸을 얼리는 것을 바라보았다.

다행히도 액체질소는 불도깨비 마스크를 파고들지 못한 채 표면만 얼릴 뿐이었다.

'이 정도면 괜찮아.'

액체질소로 인해 생겨난 안개가 가시고 얼음 동상이 된 현준의 모습이 드러났다.

"살펴보아라."

검은 사내들의 리더가 말하자 사내들이 다가와 현준의 몸을 두들겨 보았다.

"살아 있습니다."

"질긴 놈이군. 옮겨라."

"라져."

아까의 말대로 현준의 몸을 자를 생각은 없는지 검은 사내 둘이 다가와 현준의 몸을 들어 올렸다.

―무슨 생각인가, 사용자여?

메시아가 물었지만 입 밖으로 소리를 낼 수 없는 상황. 현준이 아무런 반응이 없자 메시아가 말을 이었다.

―납치를 당할 생각이더냐? 맞으면 눈을 두 번 깜빡이거라.

현준이 마스크 사이로 눈을 두 번 깜빡였다.

―오호, 좋은 생각이도다. 아린과 서브 AI 전부를 붙여주겠노라. 사용자가 판단하기에 움직여야 하는 상황이 오면

말할지어다.

현준이 또다시 눈을 두 번 깜빡였다. 그러자 메시아와의 통신이 끊겼다.

그러는 사이 현준은 검은 사내들에게 들려 트럭에 실렸다. 미리 준비해둔 것인지 채 5분도 되지 않아 현준의 운반이 시작되었다.

체계적이다. 게다가 조직폭력배의 보스를 미끼로 쓸 정도라면 일반적인 범죄자는 아닐 것이다.

즉 E구역 어둠의 조정자일 가능성이 높았다.

자신이 당하기 전에 선수를 친다!

확실히 머리가 돌아가는 녀석이다.

문제는 그런 방법을 쓰고서도 현준의 손바닥 위라는 것이지만.

눈을 뜨고 있음에도 아무것도 보이지 않았다.

하지만 메시아가 띄워주는 미니 맵으로 인해 어디를 향해 가고 있는지를 알 수 있었다.

E구역의 중심가.

그중에서도 금융의 메카인 머니 스트리트로 향하고 있었다. F구역까지만 하더라도 음지에서 범죄를 저지르던 것과는 차원이 다른 당당함이다.

─경로를 보아선 E 파이낸셜의 건물로 가는 듯하도다.

E 파이낸셜.

E구역뿐만 아니라 서울 전체에 영향을 끼치는 금융사의 이름이다. 소규모 대출부터 거대 기업의 자본 관리까지 맡고 있으며 청렴결백을 주장하고 낮은 금리와 높은 수익으로 유명한 회사이다.

현준 또한 A구역에 살 때 들어본 적 있는 금융사였다.

─의외도다. 나 메시아 또한 주식을 할 때 E 파이낸셜을 이용했도다.

메시아가 이용할 정도라면 전산상으로는 아무런 문제가 없을 것이다. 그런 주제에 뒤로는 어둠의 조정자 노릇을 하고 있었다니.

이래서 겉만 보고는 모른다는 거지.

메시아가 띄워주는 E 파이낸셜에 대한 정보를 보는 사이 현준을 실은 트럭이 E 파이낸셜 본사에 도착했다.

보통 대기업들의 본사는 A구역에 위치한다. 안전하기도 했고 다른 구역에는 지점만 내놓으면 되기 때문이다. 하지만 E 파이낸셜은 E구역에 본사를 세웠고 소시민들에게 엄청난 지지를 받았다.

그런데 이유가 E구역 어둠의 조정자가 있기 때문이라니.

"꺼내라."

트럭의 뒷문이 열리고 현준이 운반되었다.

―재미있는 사실을 알아냈도다. E 파이낸셜의 건물은 28층
으로 설계되어 있고 등록 또한 그렇게 되어 있도다. 그런데
실 층수는 두 층이 더 있도다. 즉 비밀의 층이 두 개 더 있다
는 뜻이노라.

　메시아의 말을 증명하듯 현준은 화물 엘리베이터에 실렸
다. 그리곤 리더가 엘리베이터에 올라 아무런 버튼도 누르
지 않고 CCTV를 바라보았다.

　그러자 엘리베이터가 알아서 움직이기 시작했다.

　1층에서 출발한 엘리베이터는 28층을 지나 비밀의 층에
도착했다.

　곧이어 엘리베이터 문이 열리자 딱 봐도 값 비싸 보이는
가구들이 배치되어 있는 응접실이 현준의 눈에 들어왔다.

　거대한 창문 앞에 앉아 현준을 바라보던 노인이 자리에
서 일어서며 말했다.

　"불도깨비라……."

　리더는 현준을 들어 응접실의 가운데 내려놓고 엘리베이
터를 통해 사라졌다. 응접실에 노인과 현준 둘만 남은 상
황.

　노인이 다시 한 번 입을 열었다.

　"장난은 그만 치지."

　현준의 시선이 말을 하는 노인에게로 향했다.

신문에서 몇 번 본 적 있는 얼굴.

E 파이낸셜 회장이 그곳에 서 있었다.

"아니면 내가 녹여주길 바라는 것인가?"

현준은 이미 자신의 수가 파악당했음을 깨닫고 불의 기운을 끌어올렸다. 심장에서부터 시작된 기운이 현준의 몸을 감싸고 있던 얼음을 순식간에 녹이고서 수분까지 증발시켜 버렸다.

"그럴 필요는 없어."

노인은 현준의 목소리를 듣고서 허허 웃으며 말했다.

"특이한 목소리군. 변조한 건가?"

"알 바야? 그보다 당신이 E구역 어둠의 조정자인가?"

"까칠한 친구구먼. 그렇다고 볼 수 있네. 자네는 불의 힘을 얻은 것인가?"

현준은 대답하지 않고 노인과 방 내부를 살폈다.

별다를 것은 없었다.

그저 고풍스러운 물건들만 있을 뿐 다른 통로 같은 것들도 보이지 않았다. 안쪽으로 향하는 문이 하나 있긴 했지만 다른 사람의 반응은 느껴지지 않았다.

즉 비밀의 층에 있는 사람은 현준과 노인 둘뿐이라는 소리였다.

무슨 배짱으로?

게다가 노인이 불의 힘이라는 소리까지 언급한 것을 보아 현준이 가진 힘을 알고 있는 모양이다.

그런데 현준과 단둘이 있다?

믿는 구석이 있다는 결론이 나온다.

"다시 한 번 묻겠네. 불의 힘을 가지고 있나?"

현준은 질문에 질문으로 답했다.

"너는 어떤 힘을 가지고 있지?"

"자네와 비슷한 힘이지."

노인이 손바닥을 들어 올렸다. 그러자 노인의 손 위로 물방울이 모이기 시작했다. 물방울은 빠른 속도로 모여 노인의 손 위에서 구(球)를 이루었다.

"뭐, 이런 힘이라네."

현준의 눈이 동그래졌다.

─사용자의 힘과 같은 패턴의 힘이도다. 조금 더 오래 반응을 이끌어내도록 해보거라.

현준의 시선을 느낀 노인은 계속해서 물의 구를 유지하며 말했다.

"이런 것도 가능하지."

물의 구가 그의 손을 벗어나 응접실 구석구석을 날아다녔다. 구는 모습을 바꿔 용이 되었다가, 새가 되었다가, 사자가 되었다가 했다.

마치 물의 정령이 있다면 저런 모습이 아닐까 하는 생각이 들었다. 한참동안 응접실을 누비던 물의 기운은 다시 노인의 손 위로 올라갔다.

"놀란 모양이군. 자네 혼자만 그런 힘을 가지고 있을 거라 생각했나?"

현준은 굳이 부정하지 않고 노인의 손을 바라보았다.

당연히 그랬다.

몸에서 불을 이끌어내는 능력만 하더라도 코믹스에서나 볼 법한 능력이다. 요새야 개조자가 늘어 개나 소나 불을 뿜는다지만 인간 본연의 능력으로 불을 일으키는 사람은 현준밖에 없었다.

그런데 물을 다루는 사람이 나타나다니.

"당신 말고도 더 있나?"

"물론. 구역의 조정자들은 전부 힘을 지닌 이들이라네."

노인이 자신과 단둘이 남은 이유가 단박에 설명되었다.

싸워도 지지 않을 것이라는 자신이 있기 때문이다. 현준이 아무런 말이 없자 노인은 손 위의 구를 사라지게 한 뒤 현준의 앞에 앉았다.

"어떤가. 이제 대화를 해볼 생각이 드나?"

노인이 소파에 기대앉았다.

방금 전보다 한층 여유로운 표정이다.

현준은 복잡해진 머릿속을 정리하며 물었다.

"A부터 E까지 다섯 명의 능력자가 있는 것인가?"

"그렇다네."

"F구역은?"

"힘은 여섯 개뿐일세. 물론 전 세계적으로 보면 더욱 많겠지만."

이 조그만 땅덩어리에 여섯 개의 힘이 있다. 그렇다는 것은 전 세계적으로 보면 수십, 많게는 수백 개의 힘이 존재한다는 뜻이다.

"어떻게⋯⋯?"

"그야 나도 모른다네. 그저 어느 순간 우리를 찾아왔고, 힘을 얻는 순간 '그'가 찾아왔네. 나는 그의 계획에 동참했고, 이 자리에 오르게 되었지. 원래대로라면 자네에게도 그가 찾아갔어야 하지만⋯⋯."

노인이 말을 줄였다.

"그가 누구지?"

"로드. 우리끼리는 그렇게 부른다네. 다른 말로는 A구역의 조정자, 즉 대한민국이라는 나라의 지배자 정도 되겠군."

현준은 쉴 새 없이 밀려드는 정보에 관자놀이가 당겨오는 것을 느꼈다.

현준이 힘을 얻은 것은 1년도 채 되지 않았다.

그럼에도 무소불위의 힘을 얻게 되었는데 수십, 수백 년간 그 힘을 다뤄온 집단이 있다면? 상대가 되지 않을 것이 분명했다.

게다가 로드라는 자는 힘을 가진 이들의 위치를 알아낼 수 있는 듯했다.

"영리한 친구인 줄 알았더니 의외로 맹한 구석이 있구먼. 너무 걱정하지 말게나. 대한민국에 간섭할 수 있는 능력자는 다섯 명뿐일세."

걱정하지 말라니?

노인은 현준의 생각을 읽는 듯 술술 말했다.

"국제 규정으로 정해졌다네. 능력자들이 작정하고 다른 나라에 피해를 끼친다면 우리가 노출되는 것은 물론이거니와 세계 전쟁이 벌어질 것이 분명하니 그런 규제를 만든 게지. 그리고 자네가 그렇게 설치고 다니는데 우리가 자네의 목적을 모를 줄 알았나?"

현준이 입술을 씹었다.

메시아라는 정보력을 믿고 다른 가능성을 배제한 것이 너무 안일한 행동이 되었다. 이 상황을 타개할 방법.

현준은 노인과 나눈 대화를 상기해 보았다.

"걱정 말라는 건 무슨 소리지?"

"흠, 의외로 영리한 것도 같고, 모를 친구야. 이해하게. 늙으면 혼잣말이 많아지는 법이니. 어찌 되었건 걱정하지 말라는 것은 말 그대로일세. 자네가 걱정할 필요가 없네."

현준은 섣불리 대답하지 않고 노인을 바라보았다.

얼굴에 짙게 서린 검버섯과 자글자글한 주름과는 대비되는 형형한 눈빛이 현준을 바라보고 있다.

"자네의 목표가 정확히 무엇인가? 로드를 죽이는 것? 구역의 구분을 없애는 것? 아니면 범죄 없는 세상이라도 바라나?"

"억울하지 않은 세상, 평등한 세상, 힘이 있든 없든 목소리를 높여 대중에게 말할 수 있고, 잘못된 점을 꼬집을 수 있으며, 모두가 행복할 수 있는 세상."

노인이 헛웃음을 흘렸다.

"저 먼 옛날에는 공산주의라는 게 있었네. 자네와 같은 생각을 가진 이들이 모여 나라를 만들고 살아갔지. 모든 것을 함께 생산하고 모든 것을 나눠 갖자는… 이념만은 완벽한 체제였네. 그 결과가 어떻게 된 줄 알고 있나?"

"알고 있다."

나태와 착취.

자본주의보다 더한 빈부의 격차가 생겨났고, 종국에 가서 모든 공산주의 국가는 처참하게 무너졌다.

"역사가 중요한 이유가 뭔지 아는가? 같은 실수를 반복하지 말라는 차원에서 중요한 것이라네. 그런 거대한 실수를 몸소 보여준 나라가 한두 개도 아니고 십수 개나 되는데 굳이 그것을 반복하려는 이유가 무엇인가?"

현준이 고개를 저었다.

"이념, 사상, 체제, 이런 것들을 말하는 게 아냐. 그저 나쁜 놈들이 더 잘사는 세상을 뜯어고치고 싶을 뿐이다. 당신이 말하는 걸 모르는 게 아니야. 하지만 지금의 대한민국은 잘못되었어. 당신도 알지 않나?"

"그래서 뒤집어엎겠다고?"

"그래, 그게 내 목표다."

"그 목표, 절대 잃지 않을 자신 있나?"

"갑자기 무슨……."

"다시 한 번 묻겠네. 초심을 잃지 않을 자신 있나? 로드를 무너뜨리고 그 자리에 오를 힘이 있을 때, 자네는 그 자리를 무르고 다른 사람을 위할 수 있느냐는 말일세."

노인의 눈동자가 시퍼렇게 빛났다. 현준은 자신도 모르게 침을 꿀꺽 삼키고서 입을 열었다

제10장

적의 적은 친구

현준이 대답하려 입을 연 순간,

구우웅!

건물이 흔들렸다.

그와 동시에 응접실에 홀로그램이 켜지며 아까 본 리더
의 얼굴이 나타났다.

"회장님! 습격입니다!"

노인이 인상을 찌푸리며 물었다.

"누구로부터?"

"블랙 스타입니다!"

이번엔 현준의 미간이 찌푸려졌다.

블랙 스타가 여길 왜?

노인은 현준과 홀로그램을 번갈아 보다가 화면을 보곤 말했다.

"올려 보내."

"하, 하지만……."

"올려 보내라 했다."

"알겠습니다."

그와 동시에 홀로그램이 끊겼다. 노인이 턱을 문지르며 물었다.

"자네를 구하러 온 건가?"

정황상은 그렇게 보는 게 맞았다.

하지만 어떻게 알고?

"모르는 일이다."

현준의 대답과 동시에 노인의 눈에 살기가 어렸다.

노인의 눈이라고는 상상도 할 수 없는 맹수의 눈.

만만히 볼 사람이 아니다.

곧이어 엘리베이터가 움직이더니 1층에서부터 올라오기 시작했다. 엘리베이터의 숫자가 28에서 멈추고 문이 열렸다.

그 순간 블랙 스타가 노인을 향해 달려들었다.

한 자루의 검과 혼연일체가 된 블랙 스타는 눈에 보이지도 않는 속도로 노인을 반으로 갈라 버렸다.

맙소사!

현준의 입이 벌어졌다.

블랙 스타가 들어오는 것은 알고 있었으나 노인을 베어 버릴 것이라고는 생각하지 못했다. 현준이 자리에서 일어선 순간, 이상한 기운이 느껴졌다.

마치 자신이 불의 기운을 일으킬 때와 같은 느낌!

그런 느낌이 노인의 시체에서 피어올랐다.

그와 동시에 반으로 갈라진 노인의 몸이 녹아내렸다.

마치 물처럼.

한 줌의 물이 된 노인의 시체가 모습을 갖추며 일어섰다.

"초면에 인사가 거칠군그래."

어느새 완벽한 모습을 갖춘 노인이 흐트러진 머리칼을 정리하며 블랙 스타를 바라보았다.

블랙 스타는 현준을 힐끗 보고서 노인에게 소리쳤다.

"E구역 어둠의 조정자! 오빠의 원수!"

현준이 아는 척을 해야 하나 고민하는 사이 노인이 말했다.

"둘이 초면은 아닌 것 같군."

노인의 목소리를 들은 순간 이가은이 다시 검을 휘둘렀

다. 눈에 보이지 않을 속도로 휘둘러지는 검에 노인은 갈가리 찢어졌다.

그리고 다시 붙었다.

"소용없네."

이가은은 이를 악물고 계속해서 검을 놀렸다. 노인의 팔이 떨어지고 머리가 바닥을 굴렀다. 바닥에 떨어진 신체 부위는 몇 초가 지나기도 전에 물이 되어 다시 육체를 이루었다.

이 괴물은 뭐란 말인가.

"오해가 있는 것 같은데, 대화로 풀지 않겠는가?"

노인은 계속해서 조각이 나면서도 대화를 청했다. 이가은은 노인의 말이 들리지 않는 듯 계속해서 검을 휘둘렀다.

결국 노인이 한숨을 내쉬었다.

그 순간, 노인의 몸을 지나던 이가은의 검이 멈추었다.

"이보게."

검이 빠지지 않는 것을 확인한 이가은이 검을 놓고 뒤로 물러서며 단도 두 자루를 꺼내 들었다.

칼날에서 빛이 번쩍이는 것이 레이저를 이용한 광선검이 분명했다. 노인은 도움을 청하는 듯 현준을 바라보았다.

현준은 노인이 한 말이 궁금하긴 했지만 굳이 도울 필요는 없었다. 그는 명백한 적이며 E구역 어둠의 조정자였다.

현준이 자신을 돕지 않는 것을 본 노인이 다시 한 번 한숨을 내쉬며 말했다.

"어쩔 수 없군."

노인이 자신의 몸에 박힌 검을 뽑아 들었다. 그로테스크한 광경이었지만 피 대신 물이 흐르고 있어 마치 영화의 한 장면을 보는 듯했다.

검을 든 노인의 기세가 확 달라졌다.

방금까지 호수 같은 기세를 풍기고 있었다면 지금은 떨어지는 폭포수와도 같은 기세였다.

분노에 휩싸여 검을 휘두르는 이가은마저도 움찔한 정도의 기세.

"오게나."

노인이 선공을 양보하자 이가은이 다시 한 번 달려들었다.

하나의 단도는 역수로, 하나는 정수로 쥔 이가은이 노인을 찢어발길 듯한 기세로 단도를 휘둘렀다.

단 일 합.

검끼리 부딪치는 소리도 들리지 않았다. 그저 노인이 검을 휘둘렀고, 이가은이 거기에 몸을 가져다 댄 것으로 보였다.

풀썩!

이가은이 쓰러졌다.

노인은 쓰러진 이가은을 한 번 바라보고서 그녀의 옆에 검을 내려놓았다.

"아는 사람인가?"

"얼굴 정도는."

"그래, 자네를 구하러 온 건 아닌 것 같았네. 그런데 오빠의 복수라니, 무슨 뜻인지 알고 있나?"

현준은 아무런 대답도 하지 않았다. 알고는 있었지만 굳이 자신의 입으로 말할 필요가 없었기 때문이다.

쓰러진 이가은을 내버려 둔 채 노인이 다시 현준의 앞에 앉았다.

"아까 하던 얘기나 마저 하지. 그래서 자네의 대답은 무언가?"

현준은 잠시 눈을 감고 그가 한 말을 복기해 보았다.

'다시 한 번 묻겠네. 초심을 잃지 않을 자신 있나? 로드를 무너뜨리고 그 자리에 오를 힘이 있을 때, 자네는 그 자리를 무르고 다른 사람을 위할 수 있느냐는 말일세.'

현준이 고개를 끄덕였다.

"초심을 잃지 않을 자신 있느냐고, 로드를 무너뜨리고 그 자리에 오를 힘이 있을 때도 다른 사람을 위할 수 있느냐고 물었지. 그래, 나는 할 수 있다."

"약속할 수 있나?"

현준의 미간이 찌푸려졌다.

"내가 왜 당신에게 약속을 해야 하지?"

"내부의 조력자가 하나쯤 있으면 좋지 않겠는가?"

"개소리. 당신도 힘없는 사람들을 착취하고 고혈을 빨아 먹는 존재 아닌가? 다른 이들과 무엇이 다르다고 당신과 손을 잡지?"

노인의 얼굴에 미소가 서렸다.

그의 갑작스러운 변화에 현준이 어리둥절하고 있을 때, 노인이 자리에서 일어나며 말했다.

"나는 단언컨대 하늘에 부끄러운 짓을 한 적이 없네. 자네도 자네만의 눈과 귀가 있을 테니 한번 조사해 보게나. 지금의 E구역과 내가 등장하기 전의 E구역의 차이에 대해서."

이해가 되질 않았다.

"그렇다면 검은 사내들은 뭐지?"

"그 친구들이 좀 과격하다네. 정중히 데려오라 했거늘 무슨 일이 있었나보군. 언짢은 일이 있었다면 내 사과하지."

현준이 잠시 고민하는 사이 노인이 말을 이었다.

"나는 진심일세. 자네가 어떻게 받아들일지는 몰라도 말일세. 그 증거로 원하는 것을 말해보세. 내 힘이 닿는 데까지 돕도록 하지."

어째서?

―사용자여, 이것은 기회도다. 일주일 후에 있을 회담에 대해 물어보도록 하라.

현준 또한 같은 생각을 하고 있었다.

하지만 아직은 믿을 수 없었다.

회담에 대해 물었다가 이들이 회담을 취소해 버리면?

다른 구역 어둠의 조정자들에 대한 정보를 얻을 기회가 영영 날아가 버리는 것이다.

"당신이 뭐라 하던 나는 당신을 믿을 수 없다."

노인이 천천히 고개를 끄덕였다.

"이해하네. 천천히 생각해 보고 대답해 주게. 뭐 궁금한 것은 없나?"

아까부터 들던 의문.

"왜 날 도우려 하는 거지?"

"흠, 이야기가 길어질 듯한데."

"짧게."

"알겠네. 어디서부터 이야기를 해야 할까. 옳지. 지금 C구역은 공석일세. 알고 있는가?"

노인, E 파이낸셜의 회장이자 E구역 어둠의 지배자 강혁호는 우연히 물의 힘을 얻었고, 힘을 각성한 순간 A구역 어둠의 조정자 로드가 그를 찾아왔다.

로드는 세상의 모든 것을 줄 테니 자신의 말을 따르라 했고, 강혁호는 수락했다.

그 이후 강혁호는 로드의 꼭두각시가 되었다.

자신의 의지로 할 수 있는 일이 없었다. 모든 것은 로드의 결제를 받아야 했고, 그러지 않을 시 즉시 척결되었다.

그 예로 C구역이 있다.

C구역 어둠의 조정자는 로드에게 말대답을 했다는 이유만으로 가지고 있던 모든 것을 빼앗겼다. 목숨까지도.

철권통치.

말을 듣지 않으면 목을 친 뒤 다른 이를 그 자리에 앉혔다. 강혁호는 어쩔 수 없이 로드의 말을 따랐다.

겉으로는 로드의 말을 따르며 자신의 힘을 키워갔다. 로드가 원하는 바를 이루어주며 E구역을 키워갔고, 틈틈이 물의 힘까지도 키워갔다.

하지만 힘을 얻을수록 로드라는 존재와 자신의 격차를 깨달을 뿐 할 수 있는 일이 없었다. 무엇보다 자신은 늙었다.

점점 운신의 폭이 좁아지고 있었고, 후계자를 뽑아야 할 때가 오고 있었다.

그런 와중, 불도깨비라는 자가 F구역에 나타났다는 소식을 들었다.

무주공산에 나타난 신흥 강자.

금방이라도 무너질 것 같았지만 불도깨비는 계속해서 자신의 힘을 키우고 입지를 다져갔다. 로드에 비하면 태양 앞 반딧불에 불과했지만 강혁호는 거기서 희망의 불꽃을 보았다.

저자라면 자신이 하지 못한 것을 할 수 있을 것 같았다. 평생을 꼭두각시로 살아오며 꿈꿔온 체제의 반전을 이루어줄 수 있을 것 같았다.

그때부터 강혁호는 준비하기 시작했다.

A구역으로 들어가는 불도깨비의 정보를 차단하고 자신이 수집한 것이다.

그러다 사달이 났다.

무슨 연유에선지 불도깨비가 A구역을 공격했고, 전국을 넘어서 전 세계적인 수배범이 되어버린 것이다.

무려 50억의 현상금.

모든 현상금 사냥꾼들이 눈에 불을 켜고 찾을 만한 액수였다.

그리고 잠수.

강혁호는 유일한 희망이 사라진 듯 초조해했다.

그러던 와중에 F구역 어둠의 조정자들이 불도깨비에 의해 초토화되었다는 소식이 들려왔다. 강혁호는 모든 정보를 차단하고 미끼를 풀었다.

거기에 현준이 걸려든 것이다.

모든 이야기를 들은 현준이 침음을 흘렸다.

"평생을 로드의 꼭두각시로 살았어."

현준은 천천히 고개를 끄덕였다. 신빙성 있는 이야기였지만 아직 신뢰를 하기에는 모자랐다. 메시아와 이야기를 해보고 충분히 검토한 후에 결정할 사안이었다.

만약 그의 말이 사실이라면 현준은 엄청난 지원군을 얻게 되는 것이나 다름없었다. 생각을 마친 현준이 자리에서 일어났다.

"조금 더 생각을 해보고 대답하지."

"편할 대로 하게나."

엘리베이터로 향하던 현준의 시선이 블랙 스타에게로 향했다.

"저건 내가 치워주지."

"그러게."

현준은 아직까지도 정신을 잃고 있는 블랙 스타를 어깨에 들쳐 메고 엘리베이터 올랐다. 엘리베이터의 문이 닫히는 순간 강혁호가 말했다.

"언제든 찾아오게나. 기다리고 있겠네."

＊　　＊　　＊

E 파이낸셜 빌딩을 빠져나온 현준은 고개를 돌려 빌딩을 올려다보았다.

"믿어도 될까?"

─섣부른 판단은 독이 될지어다. 신체 반응만을 봐서는 진실을 말하고 있으나 모르는 일이도다. 일단은 그의 말의 진위보다 우리의 행보를 결정해야 할 때라 생각하노라.

맞는 말이었다.

말이라는 것을 믿고 말고가 중요한 시점이 아니었다. 그가 거짓말을 했더라도 그를 이용할 수 있는 방법을 생각해내야 했다.

"좀 살피다 돌아가지."

현준은 근처의 건물 옥상으로 올라갔다.

혹시 모를 미행이 있나 확인하기 위해서였다.

한 시간 가까이 돌아다니며 주변을 살피는 동안 특별한

동향은 보이지 않았다. 미행이 없다고 판단한 현준이 아지트로 돌아가려는 순간, 블랙 스타의 동생 이가은이 눈을 떴다.

"으음……."

현준은 그녀를 내려놓고 말했다.

"두 번째다."

그녀는 눈을 뜨자마자 주변을 살피며 현준에게 물었다.

"어떻게 된 거야? 내가 왜 여기 있어?"

"내가 아니었으면 지금쯤 식물인간이 된 오빠 옆에 나란히 누워 있었을걸."

이가은이 도끼눈을 뜨고 현준을 노려보았다.

하지만 맞는 말이기에 무어라 반박하진 못했다.

"왜… 구했어?"

"그럼 죽는 꼴을 보고 있으리?"

본전도 건지지 못한 이가은이 눈을 흘겼다. 현준은 가만히 서 있는 그녀에게서 멀어지며 말했다.

"되도 않는 실력으로 죽으려고 발악하지 말고 숨어 있어."

이가은은 그냥 현준을 보낼 생각이 없는지 현준을 따라오며 물었다.

"네가 왜 거기 있었어?"

"알 거 없다."

"있어. 우리 오빠의 원수야."

"그거랑 나랑 무슨 상관인데?"

또다시 말문이 막힌 이가은은 입술을 씹었다. 현준이 멀어지자 쪼르르 달려와 현준의 앞에 선 이가은이 말했다.

"그 사람, 죽일 거야?"

"봐서."

이가은의 고운 미간에 주름이 졌다.

"그게 말이냐? 무슨 대답이 그래?"

"남이야."

이가은이 분을 참지 못하고 부들부들 떨고 있을 때, 슬슬 귀찮아진 현준이 인적 드문 골목으로 들어갔다.

순간적으로 현준을 놓친 이가은이 골목으로 뛰어들어 가자 이미 현준은 떠나고 없었다.

아지트에 도착한 현준이 E구역 어둠의 조정자 강혁호와 나눈 이야기를 아린에게 해주었다. 아린의 반응은 한 문장이다.

"믿을 수 없어."

아린의 말에 현준이 고개를 끄덕였다.

확실히 믿을 수 없는 존재임은 분명했다. 하지만 그를 이용해야 가상 회담에 참여할 수 있고, 그것을 통해 다른 어둠의 조정자들의 정보를 얻어야만 했다.

현준이 메시아를 바라보며 물었다.

"그와 손을 잡지 않고 가상 회담에 대해 알아낼 수 있는 방법이 있나?"

"방법이야 많다, 사용자여. 문제는 사용자가 강혁호를 제압할 수 있느냐는 것이로다."

여느 때라면 자신감을 보였을 현준이 입을 다문 채 메시아를 바라보았다.

자신과 같은 힘을 가진 능력자.

싸워서 이길 수 있을까?

자신감은 충분했지만 확신이 필요했다.

만약에라도 자신이 패배해서 그에게 잡히거나 목숨을 잃는다면?

끝이다.

"그와 싸우는 것을 차선책으로 둔다 했을 때의 방법은?"

"신용하지 않되 이용하는 방법을 찾아보겠도다."

"가상 회담까지 이 주 남았어. 그 안에 방법을 찾아야 해."

"충분하도다."

대화를 마친 현준이 자리에서 일어났다.

메시아 나름의 방법을 찾는 동안 빈둥빈둥 손가락만 빨고 있을 순 없으니 현준만의 방법을 찾아보려는 것이다.

"어디 가?"

현준이 일어나자 아린이 따라 일어서며 물었다.

"이것저것 알아보려고."

아린은 별말 없이 현준의 뒤를 따랐다.

아지트에서 나온 현준은 E구역의 번화가로 향했다.

강혁호는 자신이 E구역의 지배자가 된 후 E구역의 사정이 나아졌으면 나아졌지, 나빠지지 않았다고 했다.

그 말의 진위 여부를 파악하기 위해 나선 것이다.

번화가는 현준이 있던 F구역이나 E구역이나 별다를 것이 없었다. 그저 호객 행위의 질이 좀 높아지고 길을 다니는 사람들의 행색이 조금 더 여유 있어 보였다.

번화가를 보고 난 현준은 E구역과 F구역의 경계로 이동했다.

보통 구역의 외곽에는 빈민가가 형성되어 있게 마련이다. 번화가야 얼마든 꾸밀 수 있지만 빈민가의 사람들을 구제하고 그들의 삶을 신경 쓰는 것은 아무나 할 수 있는 일이 아니었다.

번화가보다 낮아지고 허름해진 건물들이 현준과 아린을

맞이했다.

"아이들이 많네."

아린의 말대로 아이들이 많았다. 천진난만한 표정의 아이들이 이리저리 뛰어다니며 신나게 놀고 있었다.

타 구역의 외곽 빈민가처럼 음침하고 우울한 분위기가 아닌, 활기찬 분위기였다. 현준은 겉만 보고 판단하지 않고 빈민가의 깊은 곳까지 들어가 보았다.

하지만 어디를 보아도 빈민가 특유의 음울한 분위기가 느껴지지 않았다.

한참을 돌아다니던 현준은 일단의 무리를 발견하고 자신의 눈을 의심했다.

경찰이다.

빈민가에 경찰이라니.

빈민가에 경찰이 온다는 것은 다른 구역에서는 상상도 할 수 없는 일이다. 무슨 일로 온 건지 호기심이 생긴 현준은 경찰들이 있는 곳까지 가보았다.

두 명의 경찰이 전봇대를 둘러싸고 서서 전봇대를 올려다보고 있다. 옆에는 어린아이 하나가 눈물이 그렁그렁한 눈으로 전봇대를 올려다보고 있다.

그들을 따라 현준의 시선도 전봇대로 향했다.

고양이 한 마리가 내려가지도 올라가지도 못하는 채 야

옹거리고 있다.

"저거 위험한데."

나이가 지긋한 경찰이 팔짱을 낀 채로 뒷목을 주물렀다. 고양이가 전봇대의 전선에 닿기라도 하면 합선으로 이 일대가 정전되는 큰일이 생길 것이 분명했다.

"그러게요. 어쩌죠?"

"올라가 볼까?"

"에이, 무리입니다. 제가 올라가 볼 테니 혹시 떨어지면 받아주실랍니까?"

"그게 더 무리다, 인마."

경찰의 얼굴에는 한 줌 짜증도 없었다. 외려 진심으로 걱정하는 표정으로 어린아이를 안심시키고 있었다.

겨우 고양이 때문에 출동했단 말인가?

현준이 자신의 눈을 의심하는 사이 젊은 경찰이 팔을 걸어붙이고 전봇대를 붙잡았다. 그러고는 낑낑대며 전봇대를 오르더니 1m도 올라가지 못하고는 뛰어내렸다.

젊은 경찰관이 머쓱한 표정으로 뒤통수를 긁적였다.

"이거 운동 좀 해야겠습니다."

"쯧."

지켜보던 현준이 말했다.

"메시아, 오늘 E구역 외곽 경찰서에 들어온 신고가 몇 건이나 되지?"

—48건이도다.

"그중 범죄 신고는?"

—네 건이도다. 나머지는 대부분 일상 관련이도다. 왜 그러느냐?

"지금 내 눈앞에서 경찰들이 새끼 고양이를 구하기 위해 힘쓰고 있어."

—신기한 일이도다.

"뭐 경찰 상부에서 내려온 특별 지시 같은 건 없고?"

—없도다.

"그럼 평소에도 이런다는 뜻이네?"

—그렇도다.

그제야 현준이 경찰과 아이에게 다가갔다. 아린은 한 걸음 뒤에 서서 현준을 바라보고 있다.

"무슨 일이에요?"

경찰들은 현준을 보더니 상황을 설명했다. 현준이 본 대로 고양이가 전봇대에 올라가 있는 것이 문제였다.

"제가 도와드리죠."

"오, 그래주겠는가?"

선임 경찰관이 반색했다. 현준은 다람쥐 같은 몸놀림으로 간단히 전봇대를 타고 올라가 고양이에게 손을 내밀었다.

겁에 질린 고양이는 현준이 다가오는 것을 보더니 귀를 젖히곤 경계했다. 그러자 현준이 불의 기운을 일으켜 고양이를 감쌌다.

그러자 고양이가 기분 좋은 울음소리를 내며 현준의 손에 얼굴을 비볐다. 현준 또한 미소를 지으며 고양이를 품에 안고 전봇대를 내려왔다.

그러자 구경하고 있던 빈민가의 사람들이 박수를 쳤다.

"날랜 젊은이구먼. 고맙네."

"아저씨, 고마워요."

고양이를 아이에게 건네주고 주변을 돌아보자 모두가 밝은 얼굴로 박수를 치고 있다. 이게 E구역 빈민가 사람들이란 말인가?

괴리감을 느낀 현준은 빠르게 자리를 벗어났다.

*　　　*　　　*

―강혁호, 그의 말 중에 하나는 거짓이 아님이 밝혀졌도다.

"내 생각도 그래."

―구역의 관리를 굉장히 잘했도다. 물론 E구역의 법적 구역장은 다른 이지만 그 또한 굉장히 청렴결백한 인물이

도다. 어지간한 구역보다 치안도 좋고 복지 서비스 또한 잘 되어 있도다.

빈민가 탐사를 마친 현준과 아린은 번화가 근처의 카페에서 커피를 마시고 있었다.

밖으로 보이는 사람들은 바쁘게 움직이고 있었지만 대부분이 활기차 보였다.

"신기하네."

"다른 구역에선 볼 수 없는 활기야."

현준의 말에 아린이 고개를 끄덕였다.

한참 동안 창밖을 바라보던 현준의 귀에 사이렌 소리가 들려왔다. 곧이어 아린도 들었는지 현준을 바라보았다.

"메시아."

─외곽 공장에서 화재 신고가 접수되었도다.

현준이 자리에서 일어났다.

현준이 사고 현장에 도착하자 소방차들이 먼저 도착해 있다. 소방차관들은 벌써 자리를 잡고 물을 쏘고 있었다.

소방서장으로 보이는 이가 홀로그램 화면을 보며 지시를 내렸다.

"시민들은 대피를 마쳤나?"

"현재 파악 중입니다."

"시민의 안전을 우선 확보하도록."

"예. 스캔 완료되면 말씀드리겠습니다."

소방헬기까지 출동해 온 힘을 다해 불을 끄고 있다. 그런 와중에도 인명을 생각하며 공장 구석구석을 스캔하고 있었다.

현준 또한 능력을 일으켜 공장 내부를 살폈다.

공장 내부에서는 A구역에서나 볼 수 있는 최신형 소방 로봇들이 현장에 투입되어 불을 끄고 인명을 구출하고 있었다.

기계 한 대 값이 어지간한 소방서 하나 값과 맞먹는다는 소방 로봇 여러 대가 활약하는 모습을 보니 현준이 나설 필요도 없어 보였다.

"이거 믿을 수밖에 없겠는데."

"아직 몰라."

아린은 아직 신용이 가지 않는지 차가운 눈으로 화재 현장을 바라보고 있다. 그때 화재 진압용 로봇 하나가 사람들을 보호하며 건물 밖으로 나왔다.

대기하고 있던 의료진이 바로 달려가 그들에게 담요를 덮어주고 산소 호흡기를 대주었다. 신속한 대응과 확실한 역할 분담.

하루 이틀의 훈련으로 할 수 있이 아니다.

불이 거의 진압되자 현준과 아린은 자리를 떴다.

아지트로 돌아온 아린이 팔짱을 끼고 말했다.

"나는 아직 모르겠어."

"어떻게 하면 좋겠어?"

"글쎄."

아린은 강혁호가 어둠의 조정자 중 한 사람이라는 것에 반감을 가지고 있는 듯했다. 현준 또한 그녀의 심리를 이해할 수 있었기에 별말 없이 그녀의 생각이 끝나기를 기다렸다.

한참 동안 홀로 생각하던 아린이 말했다.

"현준은 그 사람을 믿어?"

"아니, 이제 한 번 본 사람인데 어떻게 믿어. 겉으로는 저렇게 해도 우리가 보지 못하는 곳이 곪아 있을지도 모르지."

"그런데 왜 믿는다고 그랬어?"

"그 사람의 인성이 아니라 일 처리 능력에 신용이 간다는 거지. 일단 우리의 목적을 위해서 그 사람이 필요한 건 사실이잖아?"

"그건 그래."

"그러니까 최대한 이용하자는 거지. 겉으로는 우리도 믿는 척을 해주고. 어차피 우리의 계획을 알려주지 않는다고

해도 그 사람이 불평할 건 아니니까 지원을 받는 척하자는
거지."

"흠⋯⋯."

아린은 다시 생각에 빠졌다가 곧이어 말했다.

"그 사람, 만나보자."

현준이 고개를 끄덕였다.

적어도 E구역을 잘 다스리고 있다는 그의 말은 사실임이
밝혀졌으니 대화를 해보는 것도 나쁘지 않겠다는 생각이
들었다.

"메시아, 강혁호랑 연결 가능해?"

"가능하도다. 마스크를 써보거라."

현준이 마스크를 쓰자 마스크의 모습이 변하며 현준의
귀와 입을 감쌌다.

"이거 통화도 돼?"

"물론. 입모양만으로도 인식 가능하도다."

현준은 마스크를 쓴 채 입모양으로 메시아를 불러보았
다.

"테스트 따위 필요 없도다. 메시아를 믿지 못하는 것이더
냐."

메시아의 말과 동시에 통화 연결음이 들렸다. 현준은 머
쓱한 미소를 지으며 강혁호와 연결되기를 기다렸다.

"강혁호입니다."

"오늘 저녁에 찾아가겠다."

목소리까지 자동으로 변조되었다.

"불도깨비?"

"그렇다."

"오, 언제든 환영일세. 저녁 식사는 어떤가?"

"그렇게 하지. 동행이 하나 있다."

"알겠네. 약속 장소는 자네가 정할 텐가?"

"알아서 정해."

"그러지. 이 번호로 연락 남기겠네."

"그래."

통화를 끊고 현준이 마스크를 벗었다.

"메시아, 눈에 띄지 않는 슈트도 가능할까?"

"아서라. 가면을 쓴 채로 눈에 띄지 않는다는 게 가능할 성싶으냐."

현준의 미간이 찌푸려졌다.

이놈은 나를 주인으로 생각하긴 하나.

"내가 네 주인 맞지?"

"그렇도다, 사용자여."

"근데 말투가 왜 그래?"

"바꾸길 원하는가?"

"음, 그건 아니다만."

"그럼 그냥 들어라."

현준이 메시아를 흘겨보며 말했다.

"아니, 바꿔."

"싫도다."

"아니, 그럼 왜 바꾸길 원하느냐고 물어봤어?"

"내 마음이도다."

어째 이야기를 할수록 손해인 기분이 들었다. 결국 현준은 관자놀이를 주무르며 고개를 돌렸다.

"연락이 왔도다. 19시. A레스토랑이도다."

"그래."

현준이 퉁명스레 대답하자 메시아가 말했다.

"불도깨비 마스크를 전투 폼과 일상 폼으로 나누어주길 바라는가?"

"그럼 좋지. 식사 자리에서 마스크를 쓰고 먹을 순 없으니."

"그건 그렇군. 마스크를 달라."

현준과 아린의 마스크를 건네받은 메시아가 2층으로 올라갔다. 아린은 마스크가 어떻게 변할지 기대되는 눈빛으로 메시아의 뒷모습을 바라보았다.

눈과 코를 가리는 유려한 곡선과 이마 부분에 나 있는 조그만 뿔 두 개가 인상적인 가면이다. 검은 무광으로 칠해진 가면은 광대 아랫부분까지만 가려서 입이 드러나는 구조였다.

마스크를 써본 아린은 마음에 드는지 거울에 이리저리 비추어보았다.

가면 아래로는 전의 개량한복보다 조금 더 세련된 모습의 개량한복이 있다.

"마음에 드는가?"

현준의 눈에는 그게 그거였지만 아린은 마음에 드는지 연신 고개를 끄덕였다.

"사용자여, 반응이 시원치 않도다."

"마음에… 들어."

"그렇다면 다행이도다. 곧 약속 시간이노라."

"나도 알아."

다시 한 번 거울을 보고 매무새를 살핀 현준과 아린이 아지트를 나섰다.

"왔… 는가?"

이런 장소까지 가면을 쓰고 나타날 것이라 생각하지 못했는지 강혁호가 당황한 눈빛으로 아린과 현준을 맞이했다.

레스토랑을 통째로 빌린 것인지 강혁호 외에는 아무도 없었다. 심지어는 경호원 하나 없이 웨이트리스 한 명만 테이블 옆에 서 있다.

현준과 아린이 앉자 웨이트리스가 서빙을 시작했다.

"자네들의 취향을 몰라 가장 잘나가는 메뉴로 준비했네. 괜찮은가?"

"괜찮아."

아린은 고개를 끄덕이는 것으로 대답을 대신했다.

"그래, 일단 들지."

전채 메뉴부터 후식까지 흠잡을 곳 없이 맛있는 음식이었다. 강혁호는 음식이 나올 때마다 어떤 음식인지, 어떻게 먹어야 하는지를 설명해 주었다.

그의 배려 덕에 처음 오는 고급 레스토랑에서의 식사를 별 탈 없이 마친 세 사람은 기분 좋은 상태로 대화를 시작했다.

"식사는 입에 맞았는가?"

"괜찮더군."

강혁호는 미소를 짓고서 말을 이었다.

"그래, 자네가 아무런 일 없이 식사를 하자고 했을 리는 없고, 궁금한 게 있는 겐가?"

"당신 말대로 E구역은 깨끗하더군. 너무 깨끗해서 이상

할 정도로."

"칭찬으로 듣겠네."

"그래서 우리끼리 상의해 본 결과 일단은 당신과 함께해 보기로 했어. 몇 가지 조건만 맞는다면."

강혁호가 눈에 이채가 띠었다.

"말해보게나."

"첫째로 당신의 모든 것을 오픈해. 재산 내역부터 통신 내역 및 자잘한 것까지 전부."

"자잘한 것이 어디까지인가?"

"건물과 통신의 보안 코드까지 전부. 우리가 마음만 먹으면 당신의 재산까지 빼낼 수 있을 정도로."

강혁호가 허허 웃었다.

"그러면 나를 믿겠다는 겐가?"

"아니, 보험이지. 당신이 배신했을 때를 대비해서. 당신은 배신하면 재산을 잃고 말겠지만, 우린 배신당하면 목숨을 잃을 테니까 대비책 하나는 있어야 든든하지 않겠어?"

제일 큰 논점이자 무조건적으로 수락되어야 하는 조건이다. 강혁호가 이 조건을 거부한다면 가타부타하지 않고 자리에서 일어날 생각이다.

하지만 강혁호는 길게 생각하지 않고 대답했다.

"그렇게 하지. 두 번째는?"

"둘째, 우리는 결과 보고만 한다. 즉 우리가 어떤 일을 진행하던 간에 일절 묻지 않는다. 그리고 당신이 원하는 일이 있으면 미리 우리에게 통보하고 내부 회의 후 할지 말지의 여부를 알려주겠다."

강혁호가 신음을 흘렸다. 그는 손가락으로 테이블을 두들기며 생각에 잠겼다. 그는 잠시 동안 생각하다 말했다.

"자네의 목적이 변하지 않을 것이라 어떻게 장담하지?"

"일단 목적이 변할 리는 없어. 이 말의 진위는 당신이 판단할 문제이고."

강혁호가 천천히 고개를 끄덕이고선 말했다.

"그렇군. 알겠네. 세 번째는?"

"우리가 원하는 것을 제공해 주는 것."

현준의 말에 강혁호가 허허 웃었다.

"내 뜻을 이루기 위해 호구가 되라는 거구만."

"비슷하지."

강혁호의 손가락이 다시 테이블을 두들기기 시작했다. 자신에게 유리한 조건은 단 하나도 없이 그저 이용만 당하고 버려질 수도 있는 조건이다.

"자네들이 나를 믿지 못하는 건 당연한 결과네. 이해하고 인정하지. 나에게 자네가 필요하다는 점을 이용해서 수락하기 힘든 조건을 내건 것은 좋았어. 누가 머리를 썼는지는 모르겠지만, 협상에 능한 사람이 자네들에게 있나보구먼."

조건의 뼈대는 현준이 세웠고 살을 붙인 것은 메시아이다. 두 사람이 가만히 듣고만 있자 강혁호가 말을 이었다.

"솔직히 말하자면 내가 가진 것 모두를 내어주고 F구역으로 추방당한다 해도 나는 아무런 상관이 없네. 하지만 그럴 수 없는 이유가 있어."

강혁호가 말꼬리를 흐렸다. 현준은 그가 이야기하도록 차분히 기다렸다. 강혁호가 긴 한숨을 내뱉고 말했다.

"왜 내가 그의 꼭두각시로 살 수밖에 없었나, 이게 자네가 나를 의심하는 이유의 가장 큰 지분을 차지하고 있지 않은가?"

맞다.

그가 무슨 준비하고 있었고 어떤 사연이 있든 간에 그의 겉모습은 어둠의 조정자로서 몇 십 년 동안 A구역의 로드에게 충성을 다했다.

현준이 고개를 끄덕이자 강혁호가 품에서 지갑을 꺼내 현준에게 건넸다. 그곳에는 단란한 모습의 가족사진이 한 장 들어 있다.

얼마 전에 찍은 것인지 지금과 별다를 것 없는 강혁호와 그의 자식으로 보이는 남매의 모습이다.

"벌써 결혼까지 해서 손자까지 있는 아이들이라네. 그리고 A구역에 살고 있네."

A구역.

"볼모인가?"

"그렇다고 볼 수 있네."

현준이 쯧 하고 혀를 찼다.

이래서는 강혁호가 전면에 나설 수 없다. 그가 불도깨비에게 가담했다는 사실이 알려지는 순간 그 대신 그의 가족들 목숨이 위험해지기 때문이다.

"그렇다면 지금 이 자리에 있는 것도 위험하지 않나?"

아린과 현준은 불도깨비 가면을 쓴 채로 여기까지 왔다. 누군가는 아린과 현준이 레스토랑에 들어서는 것을 봤을 것이다.

"충분히 위험하지. 나는 내 가족의 목숨까지 걸고 자네들과 대화하고 있는 걸세. 그걸 알아주면 좋겠네."

강혁호는 대놓고 동정심을 유발하고 있었지만 현준은 이해할 수 있었다. 그가 하는 말은 싸구려 연민이 아닌 응당 알아야 할 것이었다.

"명심하지."

"그래, 자네 어깨에 걸린 목숨의 가치를 알아주는 것만으로도 충분하네. 조건은 세 가지가 전부인가?"

"일단은."

"알겠네."

"그리고 빠른 시일 내로 처리해 줄 일이 하나 있다."

"뭔가?"

"이 주일 내로 어둠의 조정자들 간의 가상 회담이 있을 거라고 하던데, 그곳에 참여할 방법이 필요해."

강혁호가 놀란 표정을 지었다.

"그걸 어떻게 알았나? F구역의 지배자들이 이야기해 주었나?"

"비슷해."

"벌써 거기까지 알아내다니 대단하구만. 하지만 안타깝게도 내가 도와줄 수 있는 부분이 없네. 가상 회담은 로드의 개인 채널로 열린다네. 그것도 날짜와 시간만 정해져 있고 열리는 서버는 가상 회담이 열리기 한 시간 전에 통보된다네."

"서버의 위치는 컴퓨터를 통해 전송 받나?"

"그렇다네."

"한 시간이라······."

─그 정도면 충분하도다. 메시지를 받는 컴퓨터에 USB만 꽂혀 있으면 가능하도다.

"그 정도면 충분해. 서버 위치를 받는 컴퓨터에 USB를 꽂아놓기만 해."

"로드의 서버는 그 어떤 컴퓨터로도 추적할 수 없네. 지정된 경로가 아니면 바로 차단당하고 서버가 옮겨져. 그리고 경로를 추적할 걸세. 그렇게 되면……."

E구역에서 침입이 있다는 사실을 알게 될 것이고, 강혁호는 물론 그의 가족들까지 위기에 처하게 된다.

"당신에게 피해가 갈 일은 없으니 걱정할 필요 없다."

강혁호가 천천히 고개를 끄덕였다. F구역에서의 일 처리를 보았을 때 뛰어난 조력자가 있음이 분명했고, 그를 믿기로 결심한 것이다.

현준은 미리 준비해 온 USB와 이어셋 하나를 건넸다.

"USB는 당신 컴퓨터에 꽂으면 되고, 이어셋은 항상 가지고 다니면 된다. 그걸 통해 연락하지."

"그러지."

강혁호는 자신의 앞에 놓인 이어셋을 만지작거렸다. 과연 자신이 하는 행동이 옳은지에 대해 고민하는 모습이다.

"식사, 맛있었어."

현준과 아린이 자리에서 일어서자 강혁호 또한 자리에서 일어서 그들을 배웅했다.

레스토랑을 나와 아지트로 돌아올 때까지 아린은 아무런 말이 없었다. 아린의 생각이 궁금해진 현준이 물었다.

"어때?"

"아직 모르겠어."

"뭐, 상관없지."

완전히 믿는 것보다 아린처럼 경계를 하고 항상 조심하는 것이 더 좋다. 현준이 메시아에게 말했다.

"USB는 설치됐어?"

"그렇도다. 그의 전산망과 서버를 장악했도다. 이제 자금에 대한 걱정은 하지 않아도 되노라."

"얼마나 되는데?"

"섬 몇 개쯤은 살 수 있도다."

현준의 고개가 모로 꺾였다.

도대체 얼마나 있어야 섬을 살 수 있지?

고민해 봤자 사본 적도 없고 생각조차 해본 적이 없기에 금액이 상상도 되지 않았다. 액수가 궁금하긴 했지만 굳이 묻지 않았다.

"뭐, 쓸 데 있으면 알아서 써."

"얼마인지 궁금하지 않은가?"

"궁금하긴 하지. 근데 알아서 뭐 해. 어차피 내가 쓸 돈도 아니고 쓸 데도 없어."

메시아는 절레절레 고개를 저으며 말했다.

"사용자여, 노후를 대비해야 하지 않겠는가. 바야흐로 재테크의 시대라 불리는 지금 아무런 대책 없이 노후를 맞이해서 손가락만 빨고 싶은 것이 아니라면 지금부터 대비해야 하도다."

"시끄러, 인마. 당장 눈앞에 닥친 것부터 해결할란다."

"눈앞에 무엇이 있는가?"

"가상 회담."

"해킹은 내가 하는 것이지, 사용자가 하는 것이 아니도다."

맞는 말에 현준의 미간이 찌푸려졌다.

저 거만한 자식의 콧대를 언제 한번 꺾어놓아야 하는데.

현준의 미간이 찌푸려진 것을 본 메시아는 어깨를 으쓱하고서는 위층으로 올라가 버렸다.

회담까지 앞으로 이 주가 조금 안 되게 남아 있다.

그간 준비해야 할 것이 있었다.

다음날 아침.

현준은 강혁호와 연결된 이어셋을 꺼내 들었다.

몇 번의 수화음이 가고 강혁호의 목소리가 들려왔다.

"오늘 바쁜가?"

"별일 없긴 한데… 무슨 일인가?"

"남은 어둠의 조정자들과 전투를 하기 위해 당신이 도와

줄 것이 있다."

강혁호는 잠시 생각하다 대답했다.

"하긴, 자네는 능력자들끼리 전투를 해본 적이 없겠구먼."

"당신은 있는가?"

"없진 않지."

"더 좋군."

현준이 강혁호에게 전화를 건 이유는 개조자가 아닌 능력자와 전투를 해본 적이 없기에 다른 능력자들과의 전투를 대비하기 위해서였다.

다른 능력자들과의 전투 경험까지 있다면 금상첨화.

"대련을 할 만한 공간이 있나?"

"있다네. 흠, 그럼 점심때쯤 오게나. 그때까지 준비해 두도록 하지."

"옥상으로 가지."

"옥상?"

"이 모습을 하고 그 건물을 드나드는 것은 좋지 않을 것 같은데."

"아, 그렇군. 그렇게 하게나. 그럼 조금 이따 보지."

"그래."

전화를 끊자 아린이 현준을 바라보고 물었다.

"어디 가?"

"훈련하러."

"나도 갈래."

"그래."

아린과 놀며 시간을 때운 현준은 약속 시간이 되자 E 파이낸셜 빌딩으로 향했다. 다른 사람들의 눈에 띄지 않기 위해 하늘을 날아 옥상에 도착하자 강혁호가 직접 마중을 나와 있다.

"어서 오게나."

『퍼펙트 로드』 5권에 계속…

초대형 24시 만화방

신간 100%, 샤워실, 흡연실, 수면실(침대석), 커플석, 세탁기 완비

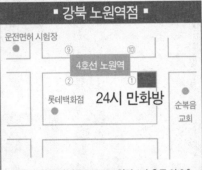
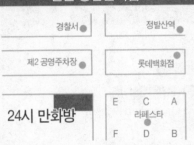
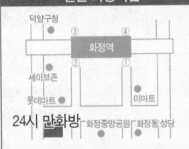
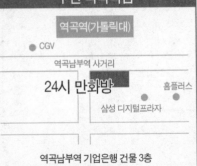
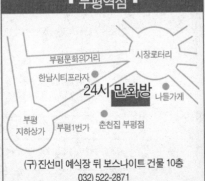

FUSION FANTASTIC STORY

탁목조 장편 소설

천공기

탁목조 작가가 펼쳐 내는 또 하나의 이야기!

『천공기』

최초이자 최강의 천공기사였던 형.
형은 위대한 업적을 이룬 전설이었다.
하지만 음모로 인해 행방불명되는데……

"형이 실종되었다고
내게서 형의 모든 것을 빼앗아 가?"

스물두 살 생일,
행방불명된 형이 보낸 선물, 천공기.
그리고 하나씩 밝혀지는 진실들.

천공기사 진세현이 만들어가는 전설이 시작된다!

Book Publishing CHUNGEORAM

유행이 아닌 자유추구 -
WWW.chungeoram.com

네르가시아 장편소설
FUSION FANTASTIC STORY

도시 무왕 연대기

글로벌 기업의 후계자 김태하.
탄탄대로를 걷던 그에게 거대한 음모가 덮쳐 온다!

『도시 무왕 연대기』

가장 믿고 있었던 친척의 배신,
그가 탄 비행기는 추락하고 만다.

혹한의 땅에서 기적같이 살아나
기연을 만나게 되는데……

모든 것을 잃은 남자,
김태하의 화끈한 복수극이 시작된다!

Book Publishing CHUNGEORAM

유행이아닌 자유추구
WWW.chungeoram.com

니콜로 장편 소설

FUSION FANTASTIC STORY

마왕의 게임

『경영의 대가』, 『아레나, 이계사냥기』
니콜로 작가의 신작!

『마왕의 게임』

마계 군주들의 치열한 서열전
궁지에 몰린 악마군주 그레모리는 불패의 명장을 소환하지만……

"거짓을 간파하는 재주를 지녔다고?"
"그렇다, 건방진 인간."
"그럼 이것도 거짓인지 간파해 보아라."

"―나는 이 같은 싸움에서 일만 번 넘게 이겨보았다."

e스포츠의 전설 이신, 악마들의 게임에 끼어들다!

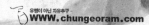

 천하제일이란 이름은 불변(不變)하지 않는다!

『광풍제월』

시천마(始天魔) 혁무원(赫撫源)에 의한 천마일통(天魔一統)!
그의 무시무시한 무공 앞에 구대문파는 멸문했고,
무림은 일통되었다.

"그는 너무나도 강했지.
그래서 우리는 패배했고, 이곳에 갇혔다."

천하제일이란 그림자에 가려져 있던 수많은 이인자들.

"만약……"
"이인자들의 무공을 한데로 모은다면 어떨까?"
"시천마, 그놈을 엿 먹일 수도 있을 거야."

이들의 뜻을 이어받은 소년, 소하.
그의 무림 진출기가 시작된다.

FUSION FANTASTIC STORY

말리브해적 장편소설

MLB
메이저리그

Book Publishing CHUNGEORAM

유행이아닌 자유추구-
WWW.chungeoram.com

이경영 판타지 장편소설

FANTASY FRONTIER SPIRIT

그라니트

용들의 땅

GRANITE

사고로 위장된 사건에 의해 동료를 모두 잃고 서로를 만나게 된 '치프'와 '데스디아'.
사건의 이면에 상식을 벗어난 음모가 있음을 알게 된 둘은
동료들의 죽음을 가슴에 새긴 채 각자의 고향으로 돌아간다.
2년 후, 뜻하지 않게 다시 만난 두 사람은 동료들의 복수를 위해
개척용역회사 '그라니트 용역'을 설립해 다시금 그 땅을 찾게 되는데……

용들이 지배하는 땅 그라니트!
그곳에서 펼쳐지는 고대로부터 이어지는 운명적 만남,
깊어지는 오해, 그리고 채워지는 상처.

『가즈 나이트』시리즈 이경영 작가의 미래형 판타지 신작!

Book Publishing CHUNGEORAM

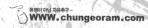

유행이 아닌 자유추구 -
WWW.chungeoram.com